光荣与梦想——"大语文"系列丛书总序

穿过一丛金色的墨西哥橘,六岁的小红豆头戴粉盔,骑着一辆有辅助轮的浅粉色自行车前行。在她身后跟着三岁的小青豆,蓝色背心、蓝色头盔,滑动着一辆海军蓝滑板车。

在温哥华的这个浅蓝清晨,我望着女儿红豆和儿子青豆的背影,绷紧了久违的轻快心情。此刻我的另一个儿子在太平洋彼岸舒展着拳脚,已经名扬神州、纵横四海,他就是十二岁的大语文。

那一年际遇喜人,没落的大宋皇裔赵伯奇当时正是北大游泳队队长,俊美倜傥的郭华粹正要从不列颠返回国内,出身文坛世家的陈思正将从哈佛启程,卸任了校学生会主席的朱雅特正要入住北大教育系设在万柳的高级学生公寓,而这套书的主要执笔人——我的表弟张国庆,也正在收拾行囊欲来北京助我成就大事……那一年的我们,大多毕业于北大、北师大的中文系,本有着大不相同的人生规划,却因为我许下了五个耀眼的愿望,如埋下一粒豆子作为种子,而相聚在一起,簇拥着走出了同一条人生轨迹。

那一年，种瓜得瓜，种豆得"神"。神奇的大语文诞生。

五个愿望：一愿我们投身于校外教育，把语文课变得有意思；二愿将大语文课程商业化，以丰厚的回报让大语文家庭过上富足而体面的生活，同时也让更多卓越人才敢于加入大语文战队；三愿大语文课程走向全国，使更多孩子受益；四愿大语文课程进入学校，深度补充和影响校内语文教育；五愿大语文走向世界，吸引更多华裔或其他学习者，使其对中国文学文化乃至世界文学文化产生较浓兴趣。

这是多么光荣的梦想。被商业繁荣笼罩着的华彩世界里，我们愿意燃烧年轻的生命，去照亮大语文，或是做烛去点亮大语文。

十二年后，我们作为一家颇具潜力的上市公司被广泛关注，原打算用一生去交换的五个愿望也开始一一实现。欢喜之余，我也冷静了下来。我对队伍说，我开始不甘心只为一时而绽放，我想留下些许我们的代表作，让这些被汗水泪水浸泡着的奋斗所产生的价值能够长久留存。

那么，什么才能做到长久留存？战国时期最伟大的弩机大师也随弩的入土而不闻于世，而孟子的浩然之气、庄子的逍遥自由却总让千年后的人们神往。历代精美的琉璃制品、珍珠黄金、武器枪械、米铺碾坊，都随大江

主编◎窦昕

一套写给中小学生的文学史

"乐死人"的文学史

秦代篇

石油工业出版社

《乐死人的文学史》编委会

主　　编　窦　昕

执行主编　赵伯奇　　张国庆

豆神大语文名师编审委员会委员
　　　　　窦　昕　　赵伯奇　　朱雅特
　　　　　张国庆　　殷程其　　魏梦琦
　　　　　许　龙

编　　者　白　玲　　孙　丽　　刘　飞
　　　　　陈吉赫　　隋　妍　　梁　燕
　　　　　董　颐

东去；罗摩与神猴、罗密欧与朱丽叶、《西游记》与《水浒传》、雨果与歌德、马克·吐温与杰克·伦敦才会百年千年流传。

锐意进取、诚信无欺，精良的产品确可以建立百年老店。

回归率真、淡泊功利，生动的文化才能够成就千载流传。

放下商业思维，忘记市场需求、获客成本等并无长久意义的盘算，回到我们出发时的初衷：我们为何而来，我们欲往何处？我们只想做能够千载流传的好东西。

于是在大语文这个儿子步入青春期之时，我们有了新的憧憬，可以命名为"新五大梦想"。第一，完成整套"大语文"系列丛书的出版，囊括校内学习、文学文化、写作技巧、课外阅读、非母语者的汉语学习等诸多内容，为语文教育和中国文学文化推广普及做出些微贡献。第二，以教育的视角，制作一部部精良的动漫剧集或真人影视剧，使千年来文学文化史上的关键信息和核心内容得以如"大河小说"一般地记录。第三，以教育的视角，建立一个个还原各朝代各国家的互动式文化体验馆，以浸入式话剧及其他高科技交互方式，使孩子们能够生动浸入、体验到大语文课本中讲述的各个时空场景。第四，研发一系列语文学科的人工智能学习工具，使学生在学语文时遇到的绝大多数问题能够得以低成本、高精度解决。第五，牵头制定一项标准，该项标准能将所有汉语使用者（包括母语学习者、华裔非母语学习者、其他族裔非母语学习者、使用汉语的计算机软件）的汉语水平（尤其是对汉语背后的文化认知水平）在同一体系内进行评价。

又是一粒愿望的豆子种下去，遥望，又是数十年。不知几个十二年之后，我们这个队伍可将"新五大梦想"一一实现。有了"回归率真、淡泊功利，生动的文化才能够成就千载流传"这样的"大语文精神"，我也衷心希望大语文团队能够永秉对语文教育的赤诚之心，将这星星之火种永传下去，不论熊熊烈焰或微弱火苗，皆然。

所幸，多年前我的几位学生，也已陆续加入了大语文战队，看来当年埋在他们少年时代的梦想种子已经发芽。种瓜得瓜，种豆得"神"。

小红豆喜欢绘画，她说她要和我合作画一本绘本。"会赚很多钱，然后送给你。"她说。我问："爸爸平时也不花钱，要那么多钱做什么呢？"小红豆一笑嫣然，说："你可以用来制作更多的书啊！"

这真是种豆得"神"了。

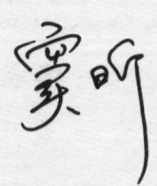

阅读说明

TA 这一辈子 　再现作家的漫漫人生路，从大文豪的出身家世讲到临终之际。你想知道的名人趣事和八卦，就在《TA这一辈子》。

超级访谈 　与重量级作家面对面交流，让名家亲自讲述动人的故事。我们耳熟能详的诗篇背后，是一把辛酸泪还是没心没肺的大笑？答案就在《超级访谈》！

特别推荐 　《超级访谈》还没看过瘾？《特别推荐》继续由名人为你讲解他的得意之作或者其他大家的千古名篇，揭秘创作背景，透析作品灵魂！

文苑杂谈 　深挖作者、作品之外的文学知识。古人怎么取名和字？诗词中曝光率最高的楼阁有哪些？读完《文苑杂谈》，你就是文学常识小百科。

欢乐谷 轻松一刻，用搞笑的四格漫画调侃作家或作品。嘘！千万别笑太大声，不然旁边的人还以为你读书读傻了呢！

七嘴八舌 作家的好朋友是怎么评价他的？作品中提到的人也有话要说？听大家七嘴八舌聊一聊，从不同的角度了解作家和作品。

目 录

秦代文坛 ………………………………………… 1

吕不韦　不想当丞相的商人不是好作家 ………… 7

商　鞅　害死自己的改革家 ……………………… 25

白　起　战无不胜的"杀神" …………………… 39

李　斯　当丞相可真辛苦 ………………………… 55

王　翦	论如何当一个好将军	……………	71
秦始皇	历史上的第一个皇帝	……………	85
赵　高	当过丞相的大奸臣	……………	101
刘　邦	草根皇帝的成功秘诀	……………	115
项　羽	差点儿当皇帝的战神	……………	135

秦代文坛

秦代概况

春秋战国五百多年间，诸侯分裂割据，互相攻伐，天下难定，民不聊生。直到公元前221年，秦国灭了六国，建立秦朝，天下这才统一，出现了中国历史上第一个大一统王朝，建立了中央集权制度，对后世产生了深远影响。而这样一个庞大的、史无前例的王朝，却只持续了短短的十五年，历经两世。

秦朝进行了诸多变革，做了许多有利于民生、影响后世的事情。从制度上来说，秦始皇废除了分封制，实行郡县制，仅凭出身无法再出任地方长官，还要看有没有才华。这样一来，国家招揽了不少人才，也加强了对地方的统治。

从社会制度来看，秦朝实行"车同轨""书同文"，就是规定了全国马车的大小、两个轮子之间的距离，还统一了文字。这样的规定使全国人民能够使用相同的道路和文字，大大方便了人们的交流往来。

从对外政治来看，秦朝把原来秦国、赵国和燕国等国的长城连接起来，修成了万里长城，抵御了北方少数民族的进攻。

然而，秦始皇为了控制百姓的思想，实行了"焚书坑儒"，又到处巡游求仙，想要长生不老，浪费了很多钱财。到秦二世的时候，情况就更加严峻，秦二世为人残暴，登基以后怕兄弟们抢他的皇位，就把他们全都害死，又听了奸臣赵高的话，害死了丞相李斯，把国家大事都交到了赵高手里，自己一心吃喝玩乐，尽情享受，还逼迫百姓为他修建豪华的宫殿。在他的暴政统治下，百姓终于受不了了，揭竿起义，推翻了秦朝。

秦代文学

秦朝建立于春秋战国之后，按理说，也应该继承了春秋战国时繁荣璀璨的思想文化，但实际上，由于秦始皇与秦二世实行的暴政，再加上秦朝持续时间很短，秦代文学没有取得很杰出的成就，比较突出的只有《吕氏春秋》与丞相李斯的散文。

《吕氏春秋》是秦国的丞相吕不韦召集门客们写的，书写成的时候，秦国还没有统一天下。由于吕不韦手下的门客们来自各个学派,都很有才华,因此,《吕氏春秋》一书的内容很庞杂,道家、法家、儒家、墨家等各家的思想都有,集合了诸子百家学说的长处,是杂家的代表作。

李斯是秦朝唯一一个可以称为作家的人物。他本来是楚国人,却做了秦国的臣子。有一次,秦国发现了许多其他国家的间谍,秦王很生气,就下令把其他国家的人都从秦国赶出去。李斯得知了这个消息,急了,心想这还得了,我马上就要被赶走了啊!他赶紧写了一篇文章《谏逐客书》,劝秦王不要逐客。这篇文章辞采华美,有很强的说服力和艺术感染力,成了后世奏疏的楷模。

新文学的曙光

秦代文学虽然没什么出众的杰作,但也对后世文学产生了一些影响。南北朝时期著名的文学评论家刘勰就在他的著作《文心雕龙》中说:"秦世不文,颇有杂赋。"意思是虽然秦朝没有好的文学,但还是有几篇杂赋可以看一看的。实际上,秦朝的杂赋为汉朝时期赋这种文体

的出现奠定了一定的基础,使赋成了汉朝极具代表性的文体。

秦朝已逝,而它留给后世的政治制度与文学作品却仍在历史的星空中熠熠生辉,极受人们的推崇。

吕不韦

不想当丞相的商人不是好作家

吕不韦（约公元前 292 年—公元前 235 年）

别　　名：吕子
籍　　贯：卫国濮阳（今河南省濮阳市西南）
地　　位：被秦始皇尊为"仲父"

TA这一辈子

吕不韦这辈子

吕不韦是战国末年著名的商人，同时也是秦国的丞相。他扶持秦庄襄王当上秦国的君主，又辅佐秦王嬴政兼并六国，建立秦朝，为秦朝的发展做出了重大贡献，被秦始皇尊称为"仲父"。此外，他还主持编纂了《吕氏春秋》，汇合了先秦诸子各派学说，是战国末期杂家的代表作。

商人有个丞相梦

俗话说："乱世出英雄。"战国末期，各国烽烟四起，而就在这乱世中，出了一个富可敌国的奇商吕不韦。作为一个商人，他深谙经商之道，《史记》中说他"往来贩贱卖贵，家累千金"，也就是说他低价买入，高价卖出，赚了很多钱。他还把商业思维应用到了其他领域，比如，他在《吕氏春秋》中谈到理义时写道："**民之情，贵所不足，贱所有余。**"简单来说就是物以稀为贵，要是某个东西特别稀缺，价格就会很贵，相反地，要是有什么东西特别富足，那价格肯定很低，因此，社会上稀缺的理义弥足珍贵，坚守理义的人应该得到尊崇。

虽然吕不韦特别会经商，他却并不满足于做一个普通的商人，而是有更大的抱负。

有一次，吕不韦在赵国街上闲逛，遇到了一位落魄公子。一番闲聊之后，他发现这位公子只是没有机遇，一旦有机会，将来一定会成为叱咤风云的人物。回家以后，吕不韦说了一句千古流传的话："**此奇货可居！**"就是说这位公子是稀有的"货物"，可以储存起来，等待时机卖个高价。这位公子就是嬴异人，秦孝文王的儿子。但嬴异人是庶子，得不到秦孝文王的喜爱，还被送到赵国当人质。

这就有人要问了，沦为人质的公子真的能脱颖而出吗？在吕不韦的积极运作下，他做到了。秦孝文王虽然有二十多个儿子，但是他最宠爱的华阳夫人没有儿子。于是吕不韦就请华阳夫人的姐姐帮他带话："**吾闻之，以色事人者，色衰而爱弛。**"意思就是用美色来侍奉别人的，一旦年老色衰，得到的宠爱也随之减少。华阳夫人一听这话，马上明白了。吕不韦又趁热打铁："现在趁着有秦孝文王的宠爱，早点儿在他的儿子中结交一个有才能而且孝顺的人，立他为继承人，像对待亲生儿子一样对待他。那么秦孝文王在世时你受到尊重，将来秦孝文王死后，你这个儿子即位为王，你也不会失势。"这番话说动了华阳夫人，华阳夫人说服秦孝文王立嬴异人为太子。

TA这一辈子

秦孝文王去世后,嬴异人即位,当了国君。而一手扶持嬴异人的吕不韦自然也受到了重用,被任命为丞相,终于实现了自己的政治理想。后来,嬴异人当了三年国君就去世了,他的儿子嬴政继位,统一了六国。嬴政就是我们所熟悉的秦始皇,他也非常重视吕不韦,尊吕不韦为"仲父"。

有组织的大型文集编纂活动

战国时期有名的贵族都会养食客,接纳有真才实学的人帮自己出谋划策。食客,顾名思义就是吃白食的人,所以养食客是一笔巨大的开支。但是吕不韦是富可敌国的商人,最不缺的就是钱。于是,他广招天下之士,门下食客多达三千人。

当时,正是儒家、道家、法家、兵家、墨家、纵横家等各个学派"百家争鸣"的时候,许多有志之士用著作来宣传自己的思想学说。吕不韦见孔子、荀子等人的著作遍布天下,自己也想出书,留名青史。可是,论起来他只是一个商人,经商头脑很好,文化底蕴却比不上那些读书人。于是吕不韦想起了他养的食客,作为一个有头脑的商人,每一分钱都要看到回报,这么多食客不能白养,现在就是他们回报自己的时候了。吕不韦就让他的食客把各自的所见所闻和政治见解写下来，整合一下，署上自己的大名，《吕氏春秋》就诞生了。

《吕氏春秋》完成之后，吕不韦做了一件出人意料的事儿："**布咸阳市门，悬千金其上，延诸侯游士宾客有能增损一字者予千金。**"

吕不韦将这本书刊布在咸阳城的城门上，上面悬挂着一千两赏金，旁边还贴了个告示，邀请各诸侯国的游士宾客，若有人能增减一字，就给予一千两的赏金。后世人们还从这个故事里总结了一个成语：一字千金。

TA这一辈子

博极古今的百科全书

《吕氏春秋》共分为十二纪、八览、六论，一共二十六卷，一百六十篇，二十余万字，包括了地理、自然、八卦、五行、乐理、养生等各种学说。比如说，《季春纪》讨论了养生之道，里面提到"食能以时，身必无灾"，就是说饮食有规律、有节制，身体就不会得病。再比如说，《仲冬纪》讨论了人的品质问题，里面提到："夫恶闻忠言，乃自伐之精者也。"就是说不喜欢听别人诚恳的劝告，就是自我毁灭。

乐正夔只有一只脚?

说书人

老吕啊,我们做这一行的都会添油加醋讲故事,我以前给大家讲《山海经》的时候觉得《山海经》挺能编的,现在一看你这《吕氏春秋》也很能编啊,竟然有一个一只脚的人。

没有啊,我记得很清楚没有哪个人物只有一只脚。

吕不韦

说书人

你看你,记性不好了吧,我翻给你看,《吕氏春秋·慎行论》里有一篇叫《察传》,里面鲁哀公也和我一样困惑,问孔子说:"**乐正夔一足,信乎?**"乐正夔只有一只脚,这是真的吗?你看,这就是讲乐正夔只有一只脚的故事嘛!

哈哈哈,老哥,你一定没有看完这篇文章,孔子在后面解释了的。"昔者舜欲以乐传教于天下,乃令重黎举夔于草莽之中而进之,舜以为乐正。夔于是正六律,和五声,以通八风。而天下

吕不韦

超级访谈

吕不韦

大服。重黎又欲益求人,舜曰:'夫乐,天地之精也,得失之节也。故唯圣人为能和乐之本也。夔能和之,以平天下,若夔者一而足矣。'故曰'夔一足',非'一足'也。"意思就是,从前舜想用音乐来教化老百姓,就让重黎从民间举荐了夔,而且任用了他,舜任命他做了乐正,一个主管音乐的官职,负责校正旋律和声音,调和阴阳之气。因为有这么出色的音乐教化,所以天下才会安宁。重黎还想多找一些像夔这样的人,舜就对他说:"音乐是天地间的精华,也是国家治理的关键。只有圣人才能做到和谐,而和谐是音乐的根本。夔能调和音律,从而使天下安定,像夔这样的人一个就够了。"所以舜的意思是"一个夔就足够了",而不是"夔只有一只足"。

说书人

哦!幸好你告诉我了,不然说书就闹笑话了。

吕不韦

其实我还举了个例子来说明对待传闻要慎重的道理。宋国有个姓丁的人,他家里没有水井,需要出门去打水,所以经常派一人在外专管打水。等到他家终于打了水井,他就告诉别人说:"我家打水井得到了一个人力。"有人听了这话,就去传播:"你知道吗,丁家挖井挖到了一个人!"整个城的人都在传说这件事,后来国君也听说了,于是便派人向姓丁的询问这个情况,姓丁的回答道:"现在家里有了井,不需要专门派一个人住在外面打水,等于多得到一人使用,并不是在井中挖到一个人。"传言不可尽信,像这样听到谣言不加辨别就去传播,很有可能导致亡国啊!

吕不韦

说书人

啊,其实这个道理也不仅仅用于治国,个人也会出现因为听信谣言而影响自身的情况。

是啊老哥,对于传言莫轻信啊!

吕不韦

特别推荐

一朝臣民一部法

吕不韦手下食客众多,各个学派的学生都有。在编写《吕氏春秋》时,这些食客纷纷出力,写了不少文章。其中,几个法家的食客就写了一篇散文叫《察今》,讲述的是要明察当今形势,适时变法,顺应历史潮流,而不拘泥古法的道理。这虽然讲的是治国理念,但一点儿也不枯燥,是由几个生动的故事串起来的,读起来十分有趣。

第一个故事,是讲楚国人想要偷袭宋国,派人在水边做了记号,打算夜里来偷袭。结果河里水位突然上涨了,楚国人不知道,也没有下河去检查,就直接渡河,淹死了好多人。在这个故事里,楚国人做记号的时候可以根据那个记号平安渡江,但水位上涨了之后,他们还是照着原来的记号渡江,僵硬死板,不知变通,所以失败了。治国也是如此,如果现在的君主还用以前的法令制度来治理国家,不顾社会时代的变化,那么就会像楚国人这样,功亏一篑。

第二个故事,则是我们都熟悉的"刻舟求剑"。讲的是楚国有个乘船过江的人,他的剑从船上掉下去了。

于是他赶紧用刀在船上刻了个记号,船停了之后就顺着记号所在的位置下去找宝剑。旁边的人看见了,就嘲笑他:"**舟已行矣,而剑不行,求剑若此,不亦惑乎?**"意思是船已经动了,但剑没有动,像这样寻找剑不是很糊涂吗?这个寓言故事告诫君主,时代已经变了,法令却不改变,用这样的法令是不能治理国家的。

除了这两则,还有一则令人啼笑皆非的故事,叫"引婴投江",讲述的是有个人从江边走过,看见有人正拉着一个婴儿,想要把他扔到江里去。看到的人很疑惑,就问这个人为什么要这么做。结果这个人说:"**此其父善游。**"这个婴儿的父亲很会游泳。问话的人一听,惊呆

特别推荐

了:"其父虽善游,其子岂遽善游哉?"他爸会游泳,难道他就一定很会游泳吗?简直可笑,楚国人想用过去治理国家的法令制度治理现在的子民,这种做法岂不是和这个扔婴儿的人一样可笑?

吕不韦的食客用这样几则寓言故事,通俗易懂地讲述了变革法令的重要性,过去的法令已经过时了,君主必须要剔除保守陈旧的思想,适时变法,顺应时代的变化啊!

为什么叫春秋

看到《吕氏春秋》这本书的名字，不知道大家有没有这样一个疑问：为什么要叫春秋呢？我们老说春秋时期，为什么不叫夏冬时期呢？

据说很久以前，鲁国史官按照时间顺序把各国的重大历史事件记载了下来，一年按照春、夏、秋、冬四季的顺序编写。写完以后一看，这些大事件大多发生在春季和秋季，于是就把这本史书命名为《春秋》。后来，孔子又整理修订了这本史书，最终，这本书记录了从鲁隐公元年到鲁哀公十四年的大事，也就是从公元前722年到公元前481年间的大事。

由于《春秋》这本书所记载历史的起止年代与当时一个客观的历史发展时期差不多相同，所以历史学家就把《春秋》这个书名作为这个历史时期的名称，也就是我们所说的春秋时期。后来，为了叙事方便，历史学家又稍微调整了一下，把公元前770年到公元前476年这段时期称为春秋时期。

为什么这些历史事件大多发生在春季和秋季呢？《史记》说得好："夫春生夏长，秋收冬藏，此天道之大经也。"

文苑杂谈

在古代,春天是播种的季节,而秋天则是收获的季节。春天时,人们为了祈祷获得一年的好收成,会举行祭祀活动。秋天时,各个国家都收了粮,有了储备,就开始打仗争地盘,会有很多战争。所以,在春秋两季里,人们忙着祭祀和打仗,而这些都是需要记载在史书上的大事件。这就是为什么史书要叫《春秋》。

当然,也有史学家认为,"春秋"两个字没有那么简单。有人认为"年有四时,故错举以为所记之名也",意思是截取春秋二字表示一整年。也有人认为"言春以包夏,举秋以兼冬",就是说提到春天,就包括了夏天,说起秋天,就包含了冬天,所以用春秋就可以指代一整年。

总之，虽然"春秋"到底是怎么来的，现在还没有定论，但可以确定的是，它一定和中国古代人民的智慧有关。

欢乐谷

七嘴八舌

嬴政

仲父诚不欺我啊！我再也不一意孤行施行暴政了，现在翻《吕氏春秋》还来得及吗？

荀子为什么那么有名？一定是人家出书了，我手底下的人那么多……来来来，大家打起精神来写书了！

吕不韦

嬴异人

好不容易从我爸二十多个儿子里混出名堂了，怎么就只当了三年皇帝？我不服！

扫二维码，听精彩讲解

商鞅

害死自己的改革家

商鞅（约公元前 395 年—公元前 338 年），姬姓，公孙氏

别　　名：公孙鞅、商君
籍　　贯：卫国（今河南省内）
地　　位：法家代表人物

TA这一辈子

商鞅这辈子

商鞅是战国时期有名的政治家、改革家、思想家、军事家,他辅佐秦孝公实行变法,使秦国国富兵强,为统一六国奠定了基础。

太有才华也是罪

商鞅出生在卫国,他年轻的时候十分喜欢刑名法术之学,和当时的许多有志之士一样,他也在各国游历,希望能得到重用。

有一次,他游历到了魏国,认识了魏国的相国公叔痤,做了他的侍者,得到了公叔痤的赏识。公叔痤本来想把商鞅推荐给魏惠王,可没想到的是,还没来得及推荐,公叔痤就生了重病,将要不久于人世了。

魏惠王很重视公叔痤,听说他病了,就亲自来看他,问他:"公叔病,即不可讳,将奈社稷何?"意即如果您去世了,那江山社稷怎么办呢?公叔痤一看机会来了,马上就向魏惠王推荐商鞅,说他非常有才,希望魏惠王能够重用他。

但魏惠王并不认识商鞅,听了公叔痤这话也不吱声,就打算离开。公叔痤一见魏惠王这态度,很快就明白了魏惠王的想法，于是就告诉魏惠王："如果您不重用商鞅，那就得杀了他，不能让这样的人才离开魏国，去为别的国家服务。"

魏惠王离开后，公叔痤又觉得十分对不起商鞅，便叫来商鞅，告诉了他自己对魏惠王说的话，并且建议他赶紧逃跑。可是，商鞅并没有立即离开，反而认为魏惠王没有听从公叔痤的话任用他，自然也不会听公叔痤的话杀了他。

果然，公叔痤死后，魏惠王并没有重用商鞅，也没有杀了他。得不到任用的商鞅听说秦国正在招揽人才，便离开魏国，到了秦国。

史上最强变法之一

到了秦国后，商鞅的法家主张得到了秦王的认可。秦孝公很信任商鞅，给了他很大的权力，让他在秦国进行大张旗鼓的改革。

商鞅的改革涉及很多方面。比如当时的秦国实行世卿世禄制，也就是不管你有没有才华，只要你父亲有官职，那你就可以继承父亲的官职和俸禄，子子孙孙都可以享受很好的待遇。这样一来，秦国的官吏变得越来越多，也越来越无能。商鞅觉得这样的情况很不好，就废

TA这一辈子

除了世卿世禄制，奖励军功，建立了二十等爵制。不管你是平民还是奴仆，只要作战勇猛，就可以根据斩杀的敌人数量获得奖赏。在这样的制度下，秦国的战士们都十分勇敢，作战的时候一往无前，军队战斗力很快就得到了提升，打得其他六国无力招架。

而且，为了维持国内的秩序，商鞅还实行了连坐制度，就是把百姓们每五家分在一起，称为"伍"，每十家分在一起，称为"什"，伍什中的人家要互相监督，如果有一家犯了法，那其他的几家也要受到惩罚，这就是连坐。如此一来，百姓们每天都战战兢兢的，一点儿都不敢触犯法律，还得时时刻刻盯着别人家，生怕别人犯法连累到自己。

自己挖坑自己跳

在这样严酷的法律制度下，百姓们对商鞅十分不满，同时，商鞅的变法也侵害了贵族们的利益，得罪了不少人。

公元前338年，秦孝公去世，秦惠文王即位。在之前的变法过程中，商鞅曾经得罪过当时还是太子的秦惠文王，所以秦惠文王就很不喜欢商鞅。秦国的贵族也不喜欢商鞅，便找了各种罪名陷害商鞅，诬陷说他要谋反。

秦惠文王下令抓捕商鞅。无奈之下，商鞅只好逃跑。当他逃到边境的时候，打算在客店里住一晚上，但没想到，这家客店的主人不让他住，非要让他拿出自己的身份证明来，因为商鞅在之前施行变法的时候，要求客店留宿客人时必须验证他们的身份，要不然就要治客店主人的罪。客店主人不敢犯法，商鞅没有可以证明自己身份的东西，只好再次逃跑。

最后，商鞅逃回了自己的封地，打算谋反，但却失败战死了。秦惠文王派人把他的尸体带回了都城咸阳，处以车裂之刑，秦惠文王还下令诛杀商鞅全家。

超级访谈

我想向你学变法

王安石:商君,商君!你等等我,我有问题想向你请教!

商鞅:这不王介甫吗?怎么了?我听说你最近在准备变法,怎么样了?

王安石:咳,别说了,我这变法还不知道怎么办呢!最近在看史书,看到你当时的变法记载,正好遇上你了,就想问问你当时的状况。

商鞅:那没问题,我当时的变法政策挺多的,主要是为了促进农业发展,增加国家收入,同时也比较注重削弱贵族和官吏的特权,壮大国家的经济和军事力量。

王安石:这些我都注意到了,你真是太厉害了,你的变法推动了秦国社会的进步,还促进了秦国经济的发展,要是没有这一次改革,说不定统一六国的就不是秦国了呢!

商鞅

哈哈哈哈哈哈，谢谢，谢谢，不是我自夸，我这变法的确起到了一定作用。

王安石

确实是，你的不少措施都给了我很大的启示，但我也有点儿疑惑，你的变法特别强调重刑轻赏，百姓们犯了错误，要重重地处罚他们，让他们再也不敢犯，这样的制度对百姓来说真的好吗？

商鞅

其实你不说我也正想跟你说说。确实，我当时是为了维护社会稳定，才实行了这些很严苛的刑法，比如你说的重刑轻赏，再比如连坐制度之类的。现在再看当时的制度，我也觉得确实有些过于严苛了。

王安石

是啊，我觉得百姓们犯了错，还是要以教化为主，耐心地教导他们应当怎么做，而不是直接给他们上严刑峻法。这样一来，你既得罪了贵族，又得不到百姓的支持，怪不得落到那样的下场啊！

超级访谈

你这请教就请教,怎么还揭人伤疤呢?哼,别看我死得惨,我死了以后,大部分变法措施都没有被废除,说明这些措施还是有不少可取之处的。小子,你还得好好学呢!

商鞅

变法变出来的成语

商鞅受到秦孝公重用,准备变法的时候,面临一个很大的困难:他刚刚到秦国,还没有做出大的功绩,变法的内容又涉及太多方面,百姓们很难相信他的变法政令。这该怎么办呢?

商鞅想了一个办法,他在都城市场南门外立了一根高3丈的木头,还在旁边贴了一个告示,说如果谁能将这根木头搬到北门,就给他十两赏金。

看到这个告示,百姓们都很惊讶,木头并不重,稍微有点儿力气的人都可以搬得动,把它从南门搬到北门是一件非常简单的事情,这么容易的事情,就能得到十两赏金?大家觉得此事没有那么简单,都不太相信,因此,虽然木头边围了许多人,却没有人去搬这根木头。

过了一会儿,依旧无人上前。商鞅于是把赏金提高到五十两。这下终于有人愿意了:搬木头又不累人,不如试一试,万一真的给钱岂不是大赚一笔?于是,这个人壮起胆子把木头搬到了北门,商鞅马上就令人给了他五十两赏金。百姓们一看,商鞅如此守信,便对商鞅产生了信任,商鞅的变法也顺利地推行了下去。这个故事

特别推荐

成为一个典故,即"立木取信"。

商鞅变法顺利实施后,秦国变得越来越强大。但没想到的是,商鞅得罪了太多人,他被人诬告谋反而不得不逃跑,在逃命的时候,却因为没有身份凭证而不能住店,被迫回到封邑,最终送了命。后世人们从中总结出一个成语——作法自毙,意思是自己立法反而使自己受害,泛指自作自受。

守信至死

商鞅立木取信，成为后世守信的典范，而在中国历史上，像商鞅一样守信的人并不在少数，甚至还有人为此送了命。

春秋时期，吴国有一位被后世尊称为季子的贵族，有一次，他要去访问晋国，路过徐国的时候，他拜访了徐国的国君。徐国国君十分喜爱季子的宝剑，一直恋恋不舍地观赏它，但却没有向季子索要。季子看在眼里，知道他想要自己的宝剑，就在心里暗暗许诺，等自己出使完晋国再回来的时候，一定把宝剑送给徐国国君。但

文苑杂谈

没想到的是，季子回来的时候，徐国国君已经去世了，季子就打算把宝剑送给继位的徐国国君。继位的徐国国君不愿意接受，认为之前的国君没有跟他提过这件事，这宝剑也不是给他的，他不能要。季子没办法，只好把宝剑挂在了徐国国君坟墓边的树上，离开了徐国。这就是"季子挂剑"的典故。

跟商鞅、季子一样守信的，还有春秋时期鲁国的一位年轻人，名叫尾生。尾生为人正直，很守信用，受到四乡八邻的普遍赞誉。尾生和一位年轻漂亮的姑娘相爱，但姑娘的父母嫌弃尾生太穷，不愿意把女儿嫁给他。这位姑娘很勇敢，见父母不同意，就打算和尾生私奔。两个人约定在城外的一座木桥边见面，但尾生在那里等了很久，姑娘都没有来。到了傍晚，下起了大雨，河里的水越来越多，最后竟然发起了大洪水。尾生不愿意离开桥，就死死地抱着桥柱等着姑娘前来，最终被淹死在水里。等到那位姑娘终于从家里逃出来时，洪水已经退去了，她看到了紧紧抱着桥柱被淹死的尾生，悲恸欲绝，号啕大哭，跳进水里殉情了。后来，人们用"尾生抱柱"比喻坚守信用。

秦惠文王

商鞅啊,没办法,我也不想杀你,谁让你得罪了那么多人呢!

运个木头就能得赏金五十两,还有这种好事儿?

秦国百姓

徐国国君

我后悔啊,要是多活一段时间,这宝剑不就到手了吗?现在死了,这宝剑也看不到了!

扫二维码,听精彩讲解

白起

战无不胜的"杀神"

白起（？—公元前257年）

别　名：公孙起
籍　贯：秦国郿邑（今陕西省眉县东）
地　位：战国四大名将①之首

---

① 战国四大名将：白起、廉颇、李牧、王翦。

白起这辈子

白起是战国时期秦国著名的将领、军事家,在秦昭襄王时期,担任秦国主将,征战沙场三十多年,打了七十多场仗,很少失败,被封为武安君,为秦国的统一大业立下了汗马功劳。

"白"手"起"家

白起,地地道道的秦国人,没有背景,没有后台,人如其名,是白手起家的将军。秦昭襄王继位以后,继

续贯彻商鞅的变法策略，在军队中实行军功爵制。这个制度有点儿像玩游戏时打怪升级，秦国的士兵只要斩获敌军的人头，就可以获得爵位和田地，斩获的人头越多，等级就越高。靠这个制度，好多平民出身的士兵被提拔，白起也是其中之一，他不断杀敌立功，从一个普通士兵一级一级升到了左庶长这个位置。

百战百胜

如果说白起是一匹千里马，那魏冉就是他的伯乐。魏冉发现白起的军事才能极高，便向秦王推荐他为主将，让他带兵攻打韩国和魏国的联军。秦国兵力不如联军的一半，白起接受任务后，没有正面去打，而是绕到了韩魏联军后面，出其不意，打得韩魏联军溃败而逃，从此一战成名。在这之后，白起前前后后打了大小战役七十多场，少有败绩，可以说是天生的战神，别的国家本来还跃跃欲试想找秦国打一架，一听主将是白起，都没这胆量了。

白起特别擅长打歼灭战，打完之后不管敌人投不投降，一律杀了带着人头立功，这可能是受军功爵制的刺激而留下的习惯。在长平之战中，白起坑杀了赵军四十

多万人,是中国历史上最早、规模最大的歼灭战先例。

不得善终

有一次,秦国攻打赵国邯郸,正赶上白起生病,不能走动,于是秦王就派另一个大将王陵去打,结果王陵能力不行,打不过赵国。白起病好了以后,秦王就想让他去打赵国,但是白起觉得时机不对,如果别的国家策应赵国,秦国必败,这时不应该出兵。秦王决定撇开白起,誓要打下邯郸。这时候,楚国派兵增援邯郸,秦军伤亡惨重。

秦王非常生气,士兵们在前线吃苦,你一个最能打胜仗的将军却在家里享福,这怎么能行?于是强行命令白起出战。可白起坚持自己的看法,称病不愿意上前线。秦王更生气了,让丞相范雎前去说服白起,白起还是称病。这下,白起彻底得罪了秦王,被罢了官,贬到了阴密这个地方。但白起生了病,不方便赶路,就没有出发。

过了三个月,秦军失败的消息不断传来,秦王很心烦,知道白起还在城里,就迁怒于他,派人驱逐他,命他即刻动身不得逗留。白起没办法,只好拖着生病的身体上路。可是,就算他出发了,秦王还是看他不顺眼,

认为他对自己有怨言,索性就派人给他送了一把剑,让他自尽。白起当时正走到杜邮这个地方,听到秦王的命令以后,仰天长叹,就自杀了。

为什么我不出名

白起

小霍啊,你帮我看看,这个微信公众号上有一篇文章叫《震惊!中国八大不败战神竟然是他们》,这个里面怎么没有我啊,我怕是我老眼昏花看不清,你看看有没有。

白哥,这篇文章里面确实没有你的名字,我看了看战国时期的名将好像就只有王翦,这人你认识不?

霍去病

白起

这是我的后辈,我打仗那会儿他还不知道在哪呢,司马迁写书的时候还写了我们俩的故事呢,《白起王翦列传》,推荐你看看。按理说我该排在他前面啊,我可是战国四大名将之首!想当初我武安君的名字响彻七国,谁听到不抖三抖?长平之战听过吧?我打的!歼灭敌军四十多万,人们都叫我"杀神"呢!这个公众号太不靠谱了,我要申请加上我的名字!

超级访谈

霍去病

我觉得你先别忙这个,人家不写你肯定是有原因的,你看看列出来的这些人,都没你杀的人多,可是人家也一样当大将军。估计是这作者觉得你杀的人太多,有点儿残暴吧。

白起

唉,不瞒你说,我不像你,家世好,我是从士兵一步一步熬出来的,那时候杀人只是为了挣爵位。

霍去病

据说你杀人最多的一场战役是长平之战?到底怎么回事啊?我之前大概看了看,没详细了解过,为什么人家都投降了你还要杀他们啊?

白起

唉,你是不知道。那次是秦王派兵攻打韩国的上党这个地方,好不容易打下来了,上党的老百姓们却不愿意归附秦国,跑到了赵国。你说这气不气人?秦王就又派人去攻打赵国。赵国的大将本来是廉颇,可廉颇太厉害了,秦国怕打不过。于是秦王就派人去赵国散布谣言,说我们秦国士兵才不怕廉颇,只要别让那个叫赵括的当将领就行。赵王也是脑子不好使,信了这话,让

超级访谈

白起

赵括代替了廉颇。秦王又让我带兵去打赵国。那赵括就是个草包,根本就没什么能耐,我轻易就把他给打败了。

我知道这人,据说他对军事理论很熟悉,但没有实际的经验,打起仗来就不行了。后人还从他的故事中总结出一个成语,叫"纸上谈兵",用来比喻空谈理论,不能解决实际问题。

霍去病

白起

对啊,就是这样。打败赵国以后,我本来是想放了赵国士兵,但是又一想,我放过了上党的百姓,他们却跟着赵国走了,赵国的士兵们要是也这样反复无常,以后不得出大乱子啊?所以才把他们四十多万人都给杀了。

唉,要我说,打仗嘛,伤亡必不可少,愿意投降的把他们收编了就行。我打匈奴的时候,主要将领都是活捉回来的,把这些人说服了,让他们自己管自己,每年给我们交交税就好了,扩大版图也要有人口嘛!

霍去病

白起

你说得对,我后来其实也后悔了。杀了这么多人,我自己最后也被秦王赐死,真是罪有应得啊!

不同的时代有不同的要求,你那时候确实以斩获敌人首级来立功,也算情有可原。总之,你还是我心中的"战神"!

霍去病

特别推荐

天下没有白吃的午餐

秦国出兵攻打韩国上党,这场战争双方实力相差很大,在秦国的围攻下,上党与韩国之间的联系被阻断了。韩国的实力本就偏弱,于是韩王派人向秦国求和,答应将上党这块地割让给秦国。可是当时的上党郡守冯亭不愿意投降秦国,准备誓死抵抗。韩王一听,这可不行,我割地的合约都签了,现在反悔,这不是骗秦王吗?于是命令冯亭献出上党。冯亭不从,在上党坚守了三十天,看眼前的情形,打也打不过秦国,但是又不想把上党交给秦国,于是冯亭想了个办法,暗地里派人去了赵国,跟赵王说:"现在韩国守不住上党,准备把这块地割让给秦国。但是上党老百姓不愿意当秦国的子民,想当赵国的子民,愿意归顺赵国。"

赵王很开心,就把这件事告诉了自己的大臣,问他们该怎么办。赵豹说:"我听说圣人都害怕无缘无故的好事啊,韩国这么做明显是想嫁祸给我们赵国,秦国费心费力打了这么久上党,割地协议都签了,却被赵国不费吹灰之力就拿下了,秦国肯定要记恨我们的,这块地不能要啊!"可是赵王不听他的,而是听了另一位大臣赵胜的想法,觉得秦国派了那么多兵,打了那么久,都没获得一块地。我们现在不用出兵就可以得到十七座城,为什么不要呢?于是收下了上党,历史上将这次事件称为"上党之争"。

过了两年,秦国果然来报仇了,不但重新夺取了上党,而且还追着赵国打。赵国打不过,长平的三道防线都被秦军突破了,连连败退。当时赵国的将领廉颇在分析了战况之后,发现正面对抗秦国是打不过的,好在秦国的粮草补给道路比赵国长,于是决定打消耗战,率领部队到了易守难攻的丹河东面,设下防线,不管秦军怎么挑衅,廉颇就是不出战。不得不说,廉颇的战术很成功,就这样和秦军僵持了三年。但是赵王是个糊涂虫,看不清眼前的状况,对于廉颇不出战的做法一直很不满,再加上秦国的丞相范雎派人到赵国散布消息说,廉颇不足为惧,秦国最怕的其实是赵括,如果赵括来当主将,秦国早就投降了。于是赵王信以为真,派赵括取代了廉颇。

秦王知道赵括替代廉颇后,就秘密派遣白起上前线了,还下令军中要是有人敢泄露换将的消息,格杀勿论。所以赵括在不知道秦军实力的情况下,就出兵攻打秦军。秦军假装打不过,在撤退的时候,慢慢形成一个口袋一样的包围圈,白起派出一支队伍切断了赵军的后路,另一支队伍打入了赵军之间,把赵军分割成了两个孤立的

部分,还把赵军运送粮草的路给堵住了。

赵括手下的兵人心惶惶,又没有粮草支援,饿了四十多天,军心动摇,甚至闹出了人吃人的事。赵括心想这样下去可不成啊,于是亲自带领精兵良将轮番突围,却不料被秦军乱箭射死。主帅都死了,赵国的士兵就只能向白起投降了。

白起却不信任这些投降的士兵,想起以前秦军打上党,割地协议都签好了,上党的百姓却宁愿归附赵国,于是和手下商量说,赵国的人都反复无常,这次放了他们,说不定会投靠别的国家,不如全部杀掉算了。于是他们把赵国投降的人全部骗到大坑里埋了,只留下了两百多个年纪小的士兵回赵国去报信。

长平之战后,赵国一蹶不振,此战成为白起生涯中最著名的一次歼灭战。

将相和，国家兴

白起的死，令人惋惜，却又在情理之中。长平之战后，白起率军继续向赵国推进，意图围困邯郸，一举拿下赵国。这时赵国就派人散布谣言，重金诱惑范雎，说："白起打仗太厉害了，百战百胜，要是这次一下把赵国灭了，以后就没你什么事了，秦王肯定特别依赖他，他会取代你在秦王心中的位置。反正秦国也元气大伤，还不如接受赵国割地求和，不要让白起再立功了。"于是范雎就对秦王说："我们现在打了好几年仗了，士兵也累了，不如就撤军吧，反正赵国也翻不出什么水花了。"秦王就听从了他的建议。白起知道这是范雎的主意之后，怒火中烧。本来白起是魏冉提拔起来的人，魏冉对他有知遇之恩，但是范雎为了当上丞相，给秦王出谋划策，把魏冉给罢免了，于是白起就和范雎有了矛盾。这次因范雎失去战机，白起与范雎的矛盾进一步加深。

本来白起百战百胜，是秦国不可缺少的人才，秦王很护着他，范雎没有办法下手。可是秦国攻打邯郸不利的时候，白起以时机不对为由拒绝去前线，惹得秦王大怒，范雎此时火上浇油，造谣说白起背地里对秦王不满，

在与同僚抱怨。最终,秦王听信了范雎的话,赐死了白起。

将相之间的相处,白起和范雎算是典型的反面例子。廉颇和蔺相如,则是将相和最成功的典范。蔺相如被赵王重用,拜为赵国上卿,排位顺序在廉颇之上,廉颇对此很不满,觉得自己是凭借战功、靠实力说话,蔺相如只是凭口舌功夫,居然排在自己前面,下次见面一定要羞辱蔺相如。蔺相如知道后,就刻意不与廉颇见面,因为他知道,廉颇和自己都是赵国不可缺的,国家大事为先,私仇其次。廉颇知道这事儿后,觉得自己心眼太小,就背着荆条前去请罪,与蔺相如成了生死相交的朋友。

 七嘴八舌

魏冉

我这辈子最成功的事之一就是发现了白起!

要是白起听我的去打赵国,我早就统一天下了,哼!
秦昭襄王

赵孝成王

什么?这次白起不来前线了?太好了,哈哈哈,终于能松口气了。

扫二维码,听精彩讲解

李斯

当丞相可真辛苦

李斯（？—公元前 208 年）

籍　贯：楚国上蔡（今河南省上蔡县西南）
代表作：《谏逐客书》
地　位：秦朝丞相

TA这一辈子

李斯这辈子

李斯是秦朝著名的政治家、文学家和书法家。他很受秦王嬴政重视,在秦灭六国、建立统一王朝的过程中发挥了很大的作用。秦朝统一天下后,李斯被任命为丞相,实施了很多对后世影响深远的政治主张。

辞了官职去学法

李斯年轻的时候,做过一个小吏,专门负责掌管文书。

据《史记》记载,有一次,李斯去上厕所,在茅房里看见一只老鼠。要是正常人看见老鼠,一般的想法都是把它赶走。可李斯不一样,他马上就想到了粮仓里的老鼠。茅房里的老鼠每天都心惊胆战的,只要看到人来,就得赶紧跑,但粮仓里的老鼠却每天都过得很悠闲,看见人来了也只是往粮堆里钻,有大堆的粮食挡着,不用担心被发现,还有取之不尽的粮食可以吃。

于是,李斯就发出感慨:"人之贤不肖譬如鼠矣,在所自处耳!"意思就是一个人到底是贤能还是没出息,就跟这老鼠一样,取决于你到底在哪儿,看你能不能抓住机会、选择环境。

李斯觉得自己所处的环境不好，就辞去了官职，到了齐国，拜荀子为老师。荀子虽然是儒家的代表人物，可他的思想跟法家有相近之处，李斯学成以后，又发展了荀子的思想，成为法家的代表人物。他估量了一下当时各个国家的实力，最终决定到秦国去。

秦王最佳助手

秦国当时的相国是吕不韦，他很赏识李斯，就让他在秦国当了官，此后，李斯为秦国做出了巨大贡献，可以算得上是秦王统一六国、治理天下的最佳助手。

在秦王下决心统一六国时，李斯给他出了个主意，让他派人拿着财物去其他国家收买、贿赂君主和大臣，挑拨他们的关系。这么一来，其他国家的实力本来就没有秦国那么强，现在君臣之间又互相不信任，国力就更弱了，很快就被秦国灭掉了。秦王在李斯的帮助下统一了六国，建立起秦朝，成了秦始皇。

秦朝建立以后，李斯又提出了不少建议，大部分都得到了采纳。比如说，秦朝之前是实行分封制，也就是君王把土地和百姓分给一些亲戚和有功的大臣去管理，被分封的人就叫诸侯，这样的制度有利于管理人民，可是一旦诸侯势力变强，就会想着夺取王位，发动战争。

TA这一辈子

所以，李斯建议秦始皇把分封制换成郡县制，使地方处在中央的管辖之下，郡和县比较接近现在的市和县。这种制度对维护国家统一起了很大的作用，为现代的行政区划提供了重要的历史参考。

造反换太子

前210年，秦始皇到外面去巡游，想看看自己的国土和百姓，宣扬一下皇帝的威力和功德。结果，到沙丘宫（今河北省广宗县西北）的时候，他突然生了重病，去世了。当时，秦始皇有两个儿子有望继位，一个叫扶苏，一个叫胡亥。扶苏是长子，宽厚仁慈；胡亥是二儿子，十分残暴。

秦始皇去世前，颁布了一个遗诏，让扶苏即位当皇帝。可是，当时有个宦官，叫赵高，他权力很大，想扶持胡亥当皇帝，就把这个遗诏给截了下来，没发布出去。后来，赵高又威胁李斯，说服他跟自己一起把秦始皇的诏书改了，废了扶苏，逼着扶苏自杀，让胡亥当上了皇帝，也就是秦二世。因为这起事件发生在沙丘宫，所以也被称为"沙丘之变"或者"沙丘之谋"。

遭受诬陷被杀害

秦二世胡亥当上皇帝后，十分残暴，又喜欢奢侈，下令继续建造阿房宫。阿房宫是秦始皇下令修建的宫殿群，规模巨大，非常豪华。可是，当时老百姓生活已经很辛苦了，修建阿房宫要花费大量的钱财和人力，会让老百姓过得更惨。李斯看不下去，就向秦二世进言，阻止他再修阿房宫。

可秦二世根本不听，反而把李斯关到了监狱里。赵高见李斯被关了起来，就趁着这个机会诬陷他，说他和儿子李由一起谋反，还对李斯严刑拷打。李斯被打得受不了，实在没办法，只好承认自己谋反。秦二世因此杀了李斯，还灭了他的三族。

超级访谈

我可真是太后悔了

王安石

"周公兄弟相杀戮,李斯父子夷三族。富贵常多患祸婴,贫贱亦复难为情……"

李斯

小兄弟,你刚刚念的是什么诗啊?谁写的啊?

王安石

嗯?你是谁?这诗是我写的,怎么了?你也懂诗?正好啊,我刚写好这诗,正琢磨着修改呢,你给我点儿建议呗?

李斯

不不不,我不懂诗,只是你这诗里提到了我,我有点儿好奇罢了。

王安石

提到了你?你是周公?不对,你看起来没有周公那么老,你是李斯?

李斯

对,是我。你这首诗是在写什么啊?

王安石：其实就是感叹世间福祸无常罢了，这诗不重要，我另有一件重要的事想向您请教一下。我最近被宋神宗提拔成了宰相，想进行一点儿改革，正想着向别人学习一下，就遇上了您，真是太好了！您能跟我讲讲您那时候是怎么辅佐秦始皇的吗？我只知道您推行了郡县制，其他的都不太了解。

李斯：当然行啊！其实我当时也没干什么，除了推行郡县制以外，再就是统一了全国的文字、度量衡、货币和车轨。

王安石：哎？统一文字？是小篆吗？这个我知道点儿，秦朝统一之前，各国都有自己的文字、计量单位、货币，秦朝统一之后，要想让全国人民能互相沟通交流，促进经济的发展，就必须把这些东西给统一了，要不然大家互相看不懂对方写的字，去买东西的时候单位、货币不一样，麻烦就大了。可是，为什么要统一车轨啊？

李斯

你们这时候有用砖铺出来的路，我们那时候就是黄土路，马车在路上行驶的时间长了，轮子就会压出两条车辙来，马车沿着这种车辙行驶会更省力，也会更方便。如果马车大小不一样，轮子之间的距离也不一样，压出来的车辙自然也不一样，导致马车不方便来往，这可不利于社会发展。统一车轨后，各地的道路都一样，交通也就发展起来了。

王安石

怪不得《史记》里记载秦朝的时候说"车同轨，书同文"，原来就是统一车轨和文字啊！您可真厉害，我学到了好多，这就去制订改革计划！

李斯

等一下！唉，改革可不能着急啊，要慢慢来，想清楚再做。我就做了一件错事，肠子都悔青了。当时我觉得，随着时代的变化，之前君王们的治国方法并不一定适合秦朝，要是天下的读书人看多了前朝的书，造谣惑众、搅乱民心怎么办？于是我就向秦始皇进言，把当时民间私藏的很多书都给烧了。现在想起来，真是太后悔了！这一烧，烧掉了多少珍贵的书啊！

王安石

啊?焚书这事儿是您建议的?唉,确实,看来我也得好好想想再进行改革,不能操之过急啊!

李斯

 特别推荐

什么？要赶我走？

最近可真是太倒霉了！有个韩国名士叫郑国，他到秦国来，鼓动人们修建一条水渠，本来这也算是个为人民谋福利的好事儿，谁知道查了一下才发现，这个名士根本就是韩国的间谍，修水渠才不是为了老百姓的生活，而是为了削弱秦国的力量，让秦国忙于修水渠，没时间攻打韩国。

这事儿让秦王非常生气，觉得其他国家来的名士宾客大部分都是为了自己国家的利益而到秦国来搞破坏，

就下令把其他国家的宾客全部赶走。我不是秦国人，自然也会被赶走，可我好冤枉啊，我一直都对秦国忠心耿耿，现在却要被赶走，太不甘心了！我要向秦王进言，劝他收回这个命令！

这个进言就叫《谏逐客书》，我要先告诉秦王，当年的秦穆公招揽了由余①、百里奚②、蹇叔③、丕豹④、公孙支⑤这五位贤人，建立了强大的功业，可这些人都不是秦国人。秦孝公也是一样，他重用卫国的商鞅进行改革，使秦国国富民强。还有秦惠王，他采纳了魏国人张仪的计策，占有了许多土地。秦昭王任用了魏国的范雎，巩固了秦国的力量。这四位君主，依靠的都是客卿的力量。

再说了，秦王现在喜欢的玉器、珠宝、名剑、美女、良马、音乐，这些难道都是秦国的吗？既然您能喜欢其他国家的东西，为什么就不能接纳其他国家的名士呢？难道您觉得名士还不如这些东西？

---

① 春秋时期晋国人，秦穆公知道由余有才能，就拜他为上卿。由余为秦穆公出谋划策，使秦穆公得以位列春秋五霸之一。
② 春秋时期虞国人，到秦国做了大夫，是秦穆公时期的贤臣，著名的政治家、思想家，又称"五羖大夫"。在主持秦国国政期间，百里奚尽心辅佐秦穆公，倡导文明教化，为秦国最终统一中国奠定了牢固基础。
③ 春秋时期宋国人，经百里奚引荐到了秦国，担任秦穆公上大夫、右相，是著名的政治家和军事家。
④ 春秋时期晋国人，投奔秦国，成为秦国大夫。
⑤ 春秋时期晋国人，秦国大夫，向秦穆公举荐了百里奚。

特别推荐

总之,"**太山不让土壤,故能成其大;河海不择细流,故能就其深;王者不却众庶,故能明其德**"。泰山不拒绝微小的泥土,所以能成就它的高大;江河湖海不舍弃细小的水流,所以能成就它的浩瀚深广;君王不排斥前来归附的民众,所以能彰显他的德行。"**是以地无四方,民无异国,四时充美,鬼神降福,此五帝三王之所以无敌也。**"因此,土地不分东西南北,百姓不论异国他邦,这样一来,就会一年四季都富裕美好,天地鬼神都降赐福运,这就是五帝、三王天下无敌的缘故。

唉,希望秦王能听我的,向前辈们学学,不要再驱逐客卿了,要不然,我被赶出秦国,可就没地方去了啊!

有才华是我的错吗

　　李斯虽然是秦朝名臣，立下了许多功劳，对后世影响极大，却是一个心胸狭窄的人。他在荀子那里学习时，结识了一个同学，叫韩非，后来也是法家思想的代表人物。可韩非并不像李斯这么幸运，在李斯被秦王重用时，韩非还在韩国默默无闻，只能把自己的治国理论写成书，传播出去。

　　有一次，秦王看到了韩非写的书，很欣赏他。不久之后，秦王就派兵去攻打韩国，要求韩国把韩非送出来。韩国实力弱小，不敢反抗，韩王只好派韩非出使秦国。

　　韩非到秦国后，非常受秦王重视。可李斯一看，要是再这么下去，韩非就会取代他的地位了，心里十分嫉妒。正好当时秦王准备攻打韩国，韩非却认为应该先攻打赵国。李斯见机会来了，就赶紧向秦王进言，说韩非之所以阻止他攻打韩国，就是因为他心里还想着韩国，并不为秦国考虑。

　　秦王听了这话，非常生气，把韩非关进了大牢，还想杀了他。李斯生怕秦王反悔，早早地准备了毒酒，逼着韩非喝了。没想到，韩非刚刚喝完毒酒，秦王就后悔

文苑杂谈

了,派人前来赦免他,却晚了一步。

　　历史上,像韩非这样因为才华出众而遭到嫉妒被残害的例子并不少见。比如著名的军事家孙膑,他本来不叫孙膑,他原来的名字是叫孙伯灵。孙膑有个同学叫庞涓,也是个心胸狭窄的人,在魏国当官。他嫉妒孙膑的才能,就把孙膑请到了魏国,故意陷害,给孙膑施了膑刑。后来,孙膑想尽办法,才偷偷地跑到齐国,当上了齐国的军师。因为他遭受了膑刑,人们都叫他孙膑,他的本名却被忘记了。

王安石

改革可真是太难了,幸亏你给我传授了点儿经验,要不我可能也就自身难保了。

李斯,咱俩是同学啊,你怎么能这样对我,你太小心眼儿了!

韩非

老鼠

没想到啊,我竟然也能给秦国丞相一些启发,原来我这么厉害吗?

扫二维码,听精彩讲解

王翦

论如何当一个好将军

王翦（生卒年不详），字维张

封　号：武成侯
籍　贯：秦国频阳东乡（今陕西省富平县东北）
地　位：与白起、李牧、廉颇并称"战国四大名将"

TA这一辈子

王翦这辈子

王翦是战国时期秦国名将、杰出的军事家。他军功卓越,极富军事指挥才能,曾率领军队攻破赵国、燕国、楚国,是秦始皇统一六国过程中的大功臣。

勇猛无双,横扫诸国

王翦年少的时候就很喜欢军事,一直跟在秦王嬴政身边,是秦王的得力助手。公元前229年,王翦率领军队去攻打赵国,结果遇上了赵国的名将李牧,打了一年多都没能打败赵国,士兵们都十分沮丧,士气低落。王翦想了个好办法,他用重金贿赂赵王近臣,散布李牧有异心的谣言,赵王开始对李牧生疑,将他诱捕并杀害了他。李牧一死,赵国就再也没有能和王翦对抗的将领了,王翦势如破竹,一路打到了赵国的都城,俘虏了赵王。

公元前227年,燕太子丹派荆轲前来刺杀秦王,最终失败了,秦王嬴政非常愤怒,派王翦前去攻打燕国。王翦充分发挥了他的军事才能,打得燕王逃到了辽东,燕国也名存实亡了。后来,王翦又相继征服了楚国和南方的百越,立下了极大的战功。

足智多谋，运筹帷幄

王翦不仅善于冲锋陷阵，还足智多谋，经常不费一兵一卒就能达到目的。

秦王身边有个谋士，叫范雎，非常有才能，很受秦王的重视。范雎有个仇人，是魏国的丞相魏齐，为了报仇，范雎曾威胁魏国交出魏齐，要不然就带兵前去攻打魏国。魏齐吓坏了，逃到了赵国，躲在赵国的平原君赵胜那里。

王翦见范雎很憎恨魏齐，就给他出了个主意，让秦王约平原君来秦国赴宴，商谈关于秦赵两国的事情。平原君不知道王翦的计划，就来到秦国，结果被秦国给扣押了。王翦派人传信给赵王，说如果不把魏齐交出来，秦国就绝对不会释放平原君。

赵王很害怕秦国，就派人去捉拿魏齐，魏齐得知了消息，赶紧离开赵国，跑到了魏国的信陵君那里。可是信陵君也不敢收留魏齐，魏齐走投无路，只好自杀了。赵王得到了魏齐的头颅，就连夜派人送到了秦国，这才把平原君接回了赵国。王翦没有出动一兵一卒，就为范雎报了仇。

谙熟政治，急流勇退

王翦擅长军事谋略，但并不是一个只会动刀动枪的粗人，相反，他是一个很有政治才能的人。有一次，秦王召集群臣，想去攻打楚国。王翦认为，要想攻打楚国，必须得出动六十万士兵，但秦国的另一位大将李信认为只要二十万就足够了。秦王很高兴，觉得王翦老了，不中用了，才需要那么多人，就派李信带着二十万军队去攻打楚国。

李信才能不够，很快就被楚国打败了。秦王震怒，亲自坐着车去找王翦，向他道歉，请他带着六十万士兵去攻打楚国。王翦一看秦王亲自来请他，马上就有了危

机意识，他怕秦王觉得自己率领的士兵太多，不相信他。于是，在出征前，王翦不断地向秦王提要求，前前后后要了许多金钱和良田。

王翦的部下都非常疑惑，不知道他为什么要这么多钱，问了好几遍，王翦才解释：秦王是个很多疑的人，现在秦国全部的士兵都由自己掌握，秦王肯定担心他会拥兵自立，只有他多次向秦王提要求，才能让秦王相信他并不想造反，只想要钱，这样才能保住自己的性命。

果然，在打败了楚国之后，秦王并没有杀王翦，而是对他很好，使他得以善终。

同为名将,结局不同

韩信:唉,上天不公啊,唉!

王翦:咦?这不是韩信吗?在这儿干吗呢?唉声叹气的,出什么事了?

韩信:哟,这不是王翦将军吗?真是说曹操曹操到,我刚刚看了你的故事,真是觉得上天不公啊!

王翦:怎么了?为什么这么说?

韩信:唉,你说说,咱俩都是大将军,功绩也都差不多,怎么咱俩的结局就差那么多啊?你最后功成身退,安逸终老。我呢?功高震主,兔死狗烹。

王翦:你这么一说,倒确实是。可能是因为我比较了解皇帝,知道功臣,尤其是将军,如果功劳太

超级访谈

过,得到百姓的赞誉太多,很有可能就会受到君主的猜忌,所以我才格外注意这些方面吧!

王翦

韩信

没错,所以我看到你的故事,说你在出征楚国之前向秦王提了不少要求,要了不少良田珠宝,最后成功地打消了皇帝的疑心,真是太佩服你了!

飞鸟尽,良弓藏;狡兔死,走狗烹。作为皇帝,肯定是希望手底下的将领对自己忠心耿耿,作为臣子,就要识趣,及时地收手才是啊!

王翦

韩信

唉,说起来容易做起来难啊!我也读过史书,知道历史上那些功劳太高的武将大多都得不到什么好下场,但还是做不到。不过,要我说,你可不只是明白皇帝的心理,你和其他的大臣关系也不错啊。你为相国范雎解决了他的仇人,这不就顺利地得到了范雎的感谢吗?你们两位将相和,对秦国也是一件大好事啊!

超级访谈

王翦

真要我说啊,你也是太过傲气。想当初,你率军攻破了魏、赵、燕、齐等地之后,已经是功劳太大、需要明哲保身的时候,没想到你竟然还向刘邦上书,要求给你封个王。刘邦当时跟项羽相争,正是需要人才的时候,哪敢得罪你啊!他不得不给你封了王,但心里肯定会对你有所不满的,也怪不得你最后落得个功高被擒的下场啊!

韩信

你说的是啊!现在回想起来,我也确实做得不对。所以我才感叹,古今武将,能像你一样建立大功业,却不贪图权力富贵,最终能够平安终老的,实在是太少了。

嗨,往事如烟,还说这些干什么,不如去喝酒啊!

王翦

韩信
走!

尺有所短，寸有所长

白起与王翦虽然不在同一个时期，但同是秦国名将，因此，司马迁在《史记》中把二人事迹合为一传，并用"尺有所短，寸有所长"来评价他们，为什么司马迁会有这样的评价呢？

白起武功卓著，帮秦王打下了不少土地。但是，白起个性孤傲，不懂得为人处世，与秦国的丞相范雎关系很不好。有一次，秦国要去攻打赵国，秦王派白起前去，可白起认为赵国并不容易被打败，不应该在这个时候去进攻赵国。秦王不听，仍然攻打赵国，等秦国军队被打败后，白起还在家里说风凉话："秦不听臣计，今如何

特别推荐

矣!"意思就是,秦王不听我的话,现在不行了吧?秦王得知白起的话后,生气极了,强行命令白起前去领兵,白起称病拒绝,秦王又让范雎去请,白起仍然称病,不接受任命。最终秦王赐死了白起。

而王翦很有军事才能,又很会为人处世,很受秦王的重视,与丞相范雎的关系也很好,秦王甚至还尊他为师。但是,王翦只顾着跟皇帝、丞相搞好关系,没有自己坚定的立场与原则。因此,在秦朝建立后,王翦明明看到秦始皇在治国过程中有一些不好的做法,但为了取悦皇帝,他并没有向秦始皇提出建议,没有尽到辅佐皇帝的职责。

正是因为如此,司马迁才在《史记》中说白起与王翦"尺有所短,寸有所长",白起不能解除与范雎的仇怨,最终被害死,王翦虽然保全了自己,却没能很好地辅佐帝王,没有高尚的德行,两人各有所长,也各有所短。

武将可不是那么好当的

在中国古代，想当好一名武将，并不是容易的事。武将要领兵，手握军权，权力很大，因此，武将一旦立下很大的功劳，皇帝就会有疑心，担心哪天晚上睡着睡着就被武将给杀了，所以，历朝历代的皇帝都会在国家平定之后将武将手里的兵权收回来，让他们领不了兵。

有些皇帝会采取比较温和的手法，比如宋朝的开国皇帝赵匡胤就是"杯酒释兵权"。赵匡胤自己就是通过造反当了皇帝，因此，他登基后，就很害怕手下的将领们也学他一样夺权。有一次，赵匡胤和手下的将领们一起喝酒，便借着酒意跟他们说道："我现在当了天子，还不如当将领的时候高兴呢！"将领们忙问是怎么回事，赵匡胤就叹了口气，说道："我这个皇位谁不想要呢？如果你们的手下把皇帝的龙袍披在你们身上，恐怕你们就算不想造反也身不由己了。"这些将领们一听，吓坏了，赶紧跪下，并表示他们愿意上交军权。就这么着，赵匡胤把将领们手里的兵权收了回来，牢牢地握在自己手里，再也不怕他们造反了。

但是，并不是所有的皇帝都会像赵匡胤一样采用温和手段，大部分皇帝在对武将产生猜忌的时候，会选择直接动手，要么把武将处死，要么关押。因此，中国历史上像王翦这样平安终老的武将非常少。除了王翦，唐朝大将郭子仪也算是其中一个，而他之所以能功成身退，也是因为他极为自律，严格要求自己及家人。根据民间传说，有一次，他的儿子郭暧和妻子升平公主吵架，郭暧对公主说："你仗着你父亲是皇帝吗？我父亲不稀罕当皇帝！"公主十分生气，回到宫中把这句话告诉了皇帝唐代宗，唐代宗就说："他说得没错，要是郭子仪想当皇帝，天下就不是我们家的了。"郭子仪得知了这件事，吓了一跳，赶紧把儿子郭暧抓起来，狠狠地打了一顿，自己又去向皇帝请罪，这才打消了皇帝的猜忌。

七嘴八舌

范雎

王翦真是个好人，帮我报了仇，不像白起那家伙，一点儿也不给我面子！

哼，要是赵王不怀疑我，谁输谁赢还不一定呢！

李牧

郭子仪

我这儿子太坑爹了，幸好我反应快啊！

扫二维码，听精彩讲解

秦始皇

历史上的第一个皇帝

秦始皇（公元前 259 年—公元前 210 年）

本　名：嬴政
出生地：赵国邯郸（今河北省邯郸市）
地　位：中国第一个称皇帝的君主

TA这一辈子

秦始皇这辈子

秦始皇，嬴姓，赵氏，名政，是中国古代杰出的政治家、战略家、改革家。在他的带领下，秦国首次完成了中国大一统，建立了一个中央集权的多民族国家——秦朝。

我爹是人质

秦始皇明明是秦国人，却出生在赵国的都城，这是怎么回事呢？要搞清楚这事儿，得从秦始皇的父亲——秦异人说起。秦异人是秦国太子安国君的儿子，而安国君有二十多个儿子，战国时期，礼崩乐坏，各国需要互送人质作为信物，秦异人很不受宠爱，于是他被送到赵国邯郸去当质子。当时，秦国和赵国的关系很不好，秦异人在赵国也受到轻视，生活过得很困难。

一位名叫吕不韦的卫国商人听说了秦异人的情况，认为秦异人"奇货可居"，也就是说在他看来，秦异人就像一件珍奇的"货物"一样，可以在大家都没发现他的厉害之处的时候把他买下来，等待以后的升值。于是，吕不韦就寻找机会接近秦异人，想帮他回到秦国。

正好当时安国君有个很宠爱的妃子，叫华阳夫人，她虽然受宠却没有孩子，很怕自己老了以后安国君就不再喜欢她。于是，吕不韦就去找她，劝她认秦异人为养子，帮他当太子，这样一来，以后秦异人当了国君，华阳夫人就是太后，不用担心老了以后过得不好。华阳夫人一听就心动了，便让秦异人认他为母亲。公元前251年，太子安国君继位为王，华阳夫人为王后，华阳夫人乘机劝秦王立异人为太子，最后让他当了秦国的国君，成了秦庄襄王。在赵国时，秦异人与赵姬生下了嬴政，后来，秦异人回到秦国，被立为太子后，赵姬及嬴政得以归秦。

我十三岁就当王

秦庄襄王去世时，嬴政才十三岁，就被众大臣拥立为秦王。由于年纪太小，嬴政尊称吕不韦为仲父，让

TA这一辈子

吕不韦代为处理政事，吕不韦的权势变得越来越大。直到嬴政二十三岁时，才罢免了吕不韦，不再重用他。

在此后的十年间，嬴政率领着秦国慢慢壮大，陆续消灭了其他六个国家，统一了全国，建立了秦朝。秦朝建立后，嬴政思来想去，觉得自己"德兼三皇，功过五帝"，功劳极大，比上古时的三皇五帝还厉害，就取了三皇中的"皇"字和五帝中的"帝"字，构成了"皇帝"这个词，当作自己的称号，成了中国历史上第一个使用"皇帝"称号的君主，自称为"始皇帝"。

我儿子太叛逆

嬴政在位期间励精图治，颁布了许多新的政策，还不断到各处巡游视察。公元前210年，秦始皇又一次去巡游，走到沙丘宫这个地方的时候，得了一场重病，眼看着就要去世了。临死时，秦始皇写了一道诏书，把皇位传给了长子扶苏。

长子扶苏极为贤明，深得百姓的爱戴，可是，诏书发布的时候，他并不在秦始皇身边，而是在军队中历练。当时陪在秦始皇身边的，是扶苏的弟弟胡亥。看到秦始皇让扶苏继位，胡亥心里很嫉妒，在奸臣赵高的鼓动下，联合丞相李斯，篡改了诏书，还逼着扶苏自杀了。

扶苏死后，胡亥才敢让车队日夜兼程，返回都城咸阳。一路上，为了不让人们发现秦始皇已经死了，他们还假装继续巡游，买了许多鲍鱼放在车上，用来掩盖秦始皇尸体的腐臭味。

回到咸阳后，胡亥马上登基，成了秦二世。因为这场政变发生在沙丘宫，因此被称为"沙丘之变"。胡亥继位后，昏庸无能，骄奢淫逸，百姓们苦不堪言，最终爆发起义，导致了秦朝的灭亡。

超级访谈

我才是"千古一帝"

秦始皇

哈哈哈,不错不错,李贽这人真是太有眼光了!

政哥,你看什么呢?笑得这么开心。

唐太宗

秦始皇

哈哈哈,你瞧瞧,这是明代的思想家李贽说的一句话,说得真不错!

我看看啊,"始皇帝,自是千古一帝也"。哎?这话怎么这么眼熟呢?对了,我想起来了!这不是明代一个叫王志坚的思想家评价我的话吗?他说:"三代以后,如文皇者,真千古一帝也!"我记得可清楚了!

唐太宗

秦始皇

老弟啊,这就是你的不对了,明明我才是"千古一帝"!我统一了全国,建立了一个统一的中央集权国家,这可是前无古人的事儿啊!

唐太宗

　　大哥,这我可得跟你好好说说。你功绩挺大,我功绩也不小啊,我当皇帝的时候,国家发展得多好,是个难得的盛世,被称为"贞观之治"!

秦始皇

　　盛世有什么了不起的!我可是推行了郡县制,地方上的长官再也不是凭借血缘上任,而是由朝廷直接任命,谁有才谁就上,这么一来,朝廷对各个地方的管辖力度得到加强,对当时的国家统一多有利啊!你有这么大的影响力吗?

唐太宗

　　你别太得意,我在位的时候,经常开疆拓土,跟北方的各个少数民族都相处融洽,他们都称我"天可汗"呢!唐朝后来经历了一百多年的盛世,都是因为我奠定的基础好!

秦始皇

　　除了郡县制,我还干了别的!比如统一货币和度量衡,让全国的货币、计量单位都变得一样,百姓的生活方便了不少!我还统一了文字,提高了人们的认知,推动了国家政治经济文化的发展。更别说我还修筑了长城,用它来抵御敌人的进攻,保护了多少百姓!

超级访谈

呵,你确实是修筑了长城,但修长城的过程中死了多少人你知道吗?这可是用百姓们的血肉堆起来的。而且你还焚书坑儒,就是因为你,那么多书籍都失传了,你还好意思说自己是"千古一帝"?

唐太宗

秦始皇

谁还没个做错的时候呢?听起来你就没做过错事?哼,我看你是没话说了,这"千古一帝"的称号必须是我的!

你想得美!走,咱们去找其他皇帝评评理!

唐太宗

因一场刺杀诞生的成语

秦始皇是中国历史上第一个统一全国的帝王,在消灭六国的过程,他遭受了许多抵抗,最有名的一次,是一场来自燕国的刺杀。

当时,秦国磨刀霍霍,打算消灭燕国,燕国的太子丹十分憎恨嬴政,就找了一位名叫荆轲的勇士来刺杀嬴政。荆轲给燕太子丹出主意,说要假装把燕国最肥沃的土地献给嬴政。燕国有一位叫樊於期的人,本来是秦国的大将,因为打了败仗不敢回国,逃到了燕国,据说嬴政正在悬赏通缉他。因此,荆轲建议燕太子丹让自己拿着樊於期的头和燕国最肥沃之地的地图去献给嬴政,趁机刺杀他。

燕太子丹有些犹豫,认为樊於期来燕国投奔自己,是对自己的信任,现在要砍了他的头,这太不仁义了。荆轲知道燕太子丹不太愿意,就偷偷去找樊於期,跟他说了这个想法。樊於期很感动,也想让荆轲杀了嬴政,便挥剑自杀,留下了头颅。

一切准备就绪后,荆轲便拿着燕太子丹给他的一把涂了毒药的匕首,带着另一位勇士秦武阳到了秦国。果

特别推荐

然，嬴政一听荆轲拿着樊於期的头和地图前来送礼，特别高兴，就接见了荆轲。

在见到嬴政后，荆轲十分镇定，一点儿也没表现出异常，可秦武阳却很紧张，吓得脸色都变白了。秦国的侍卫看他不对劲儿，就问他是怎么回事，幸好荆轲很聪明，解释说这是因为秦武阳地位低下，没见过国君，所以有些紧张。

嬴政听了荆轲的话，打消了疑虑，让荆轲把地图献上来。荆轲拿着卷起来的地图，在秦始皇面前慢慢打开，等到地图全部展开的时候，荆轲预先卷在地图里的匕首露了出来。

嬴政吓坏了，跳起来就跑，荆轲便追着嬴政要刺杀他。当时进入朝堂是不能带武器的,因此台阶下的官吏们都手无寸铁,没办法帮忙,只能眼睁睁看着。眼看着嬴政就要被刺中了,旁边一位伺候嬴政的医生突然急中生智,把手里的药袋朝着荆轲扔了过去,拦了荆轲一下。嬴政趁机拔出宝剑,砍断了荆轲的左腿,杀死了荆轲。

　　荆轲虽然没能刺杀成功,但他的勇气却流传后世,人们也从他刺杀秦王的故事中总结出一个成语,叫"图穷匕见",用来比喻事情发展到最后,终于露出了真相或本意。

文苑杂谈

皇帝称呼知多少

对于中国古代最高统治者的称呼，大家最熟悉的就是由秦始皇创造的"皇帝"这一称号。但实际上，除此之外，中国历史上还有许多种对皇帝的称呼。

"陛下"就是一种较为常见的对皇帝的称呼。陛是指帝王宫殿的台阶，陛下刚开始是指站在台阶下的侍者，臣子们在向皇帝进言的时候，不能直接跟皇帝说，而是要让台下的侍者转告。臣子们进言的时候都要先喊一声"陛下"，慢慢地，"陛下"这个词就演变成了大臣们对皇帝的尊称。

有时候，皇帝也被称为"圣人"。"圣人"这个词出现在《易经》里，被当作人间最高的统治者。而且，"圣人"这个词还表示皇帝十分贤明通达，跟孔子、孟子、老子、庄子这些人的地位是一样的，享受着百姓们至高无上的赞誉与崇拜。

"官家"也可以用来指皇帝。南北朝时期，"官家"就是对皇帝的称呼，认为皇帝要至公无私，爱护天下的子民，不能有自己的私心。中国四大名著之一《水浒传》，讲的是在宋朝发生的故事，里面提到过"赵官家",指的就是当时的皇帝。

"天子"也是古代臣民对帝王的尊称。古代的人们相信,皇帝不是普通人,而是上天之子,上天让他们降生,成为最高的统治者,去行使天命,因此他们被称为"天子"。

皇帝地位至高无上,不管是哪种称呼,都表达了古代人们对皇帝的尊敬和崇拜,表达了他们对皇权的敬畏。

七嘴八舌

吕不韦：还是我的眼光好！秦异人这个"货物"真是不错！

秦始皇：吓死我了！要不是那个小医官，我就要被荆轲那小子刺死了！

秦武阳：我只是一个可怜弱小又无助的普通人，怎么能去干刺杀秦王这样危险的事情？

扫二维码，听精彩讲解

赵高

当过丞相的大奸臣

赵高（？—公元前207年）

籍　贯：秦国咸阳（今陕西省咸阳市东北）
地　位：秦朝丞相

TA这一辈子

赵高这辈子

赵高是历史上有名的奸臣，在秦二世时担任郎中令，后来，他又陷害丞相李斯，自己当了丞相。在掌权期间，他独揽大权，使百姓们的生活过得非常凄惨，加剧了秦朝的灭亡。

忠臣想害我？那就杀忠臣

赵高比较有才华，精通律法，年纪轻轻就得到秦始皇的赏识，被提拔为中车府令。公元前210年，秦始皇到外面去巡游，赵高也跟着去了。到沙丘宫这个地方的时候，秦始皇突然生了重病，眼看就要不行了，他就赶紧写了份诏书，命令长子扶苏继位当皇帝。秦始皇把这份诏书给了赵高，让他颁布出去。但赵高跟扶苏的弟弟胡亥私下有来往，心想要是胡亥当了皇帝，他肯定能拿到不少好处。于是，赵高就把这份诏书扣了下来，等秦始皇去世后，他又说服当时的丞相李斯跟他一起，把诏书改了，让胡亥当上了皇帝。

胡亥当了皇帝，成了秦二世，果然很信任赵高。可赵高心里不安啊，他是个奸臣，做过的坏事不少，要是朝廷里那些忠臣们看不惯他，向皇帝告发他的话，他不就没命了吗？于是，赵高先下手为强，向秦二世告状，残害了不少功臣，像蒙恬、蒙毅这样功勋卓著的大将都死在了他手上，就连和他一起同谋篡改诏书的丞相李斯，也被他陷害至死。

皇帝怀疑我？那就杀皇帝

赵高杀害了不少忠臣后，再也没人敢反对他了，他的权势越来越大。当时，秦朝的百姓们已经受不了秦二世的残暴统治，各地都有了起义的军队，想推翻秦二世，不让他当皇帝。眼看起义的军队越来越多，秦二世心里也越来越不安，就去责问赵高，为什么没有镇压这些起义的人。

赵高一看，皇帝这是怀疑我啊！干脆一不做二不休，把皇帝给杀了算了。于是，他跟他弟弟赵成、女婿阎乐商量出了一个计策：赵成在宫里散布谣言，说盗贼已经打进了皇宫，得赶紧派人去镇压。接着，阎乐带着一支军队，假装要镇压盗贼，冲进皇宫里，把秦二世给杀了。

小皇帝不信我？那就……我怎么死了

秦二世死后，秦朝不能没有皇帝啊，赵高就召集文

武百官，告诉他们胡亥去世的消息，又把秦朝另一位皇室成员子婴扶上了皇位。因为当时的起义军势力太大了，秦朝的力量已经被削弱了不少，所以子婴只好把称号又改回了秦王。

　　子婴早就看不惯赵高了，他也知道，赵高势力很大，如果不除掉他，自己就一点儿权力都没有，只能乖乖听他的话。于是，子婴跟自己的亲信商量，决定除掉赵高。在举办登基典礼那天，子婴就假装生病不去登基，赵高派人请了好几次，子婴说什么也不去。典礼要开始了，皇帝却不见人影，这可怎么办？赵高只好亲自去请子婴。等他一到子婴的殿里，就被埋伏在那里的士兵给杀了。

我可真是太后悔了

赵高

哟,你是谁啊?我可是举世闻名的大奸臣,一般人见了我都躲着走,没想到竟然还会有人来看我,这可真是奇了!你别是走错路了吧?

你是赵高吧?没错,我就是来找你的。我叫司马迁,今天来拜访你,是因为我正在写一部史书,写到《李斯列传》的时候有点儿疑问,所以来问问你。

司马迁

赵高

史书?我也能被写进史书?管他是流芳百世还是遗臭万年,看在你还记得我的分儿上,想问什么就问吧!

是这样,我知道秦始皇去世后,是你说服李斯一起篡改了诏书。可是,我查了关于李斯的记载,他是个很有才华的人,为秦朝的发展做了不少贡献。这样一个人,又是位高权重的丞相,你是怎么说服他的?

司马迁

超级访谈

赵高

呵,是人就有弱点,只要戳中了他的弱点,他就得乖乖听我的。自从秦始皇把诏书交给我以后,我就一直在琢磨这件事儿。李斯很有威望,只有争取到他,篡改诏书让胡亥上位这事儿才有可能成功。李斯本来是个平头老百姓,好不容易才当上丞相,是个特别热衷于权势的人。那对他来说,最重要的就是丞相这个位子。所以我先去试探他,告诉他秦始皇的诏书在我手里,让扶苏上位还是让胡亥上位,都只是我一句话的事儿。

然后呢?李斯肯定不会一开始就同意的。

司马迁

赵高

你急什么,我还没说到核心呢!只说到这儿,李斯当然不会同意。可是,你要知道,秦朝的大臣里还有一个人,叫蒙恬,这人能动摇李斯。

蒙恬?我知道,他是个名将,曾经率领军队打败了匈奴,可这跟李斯有什么关系?

司马迁

赵高

哼,亏你还是个史学家,这都想不到。我只问了李斯一句话:"君侯材能、谋虑、功高、无

赵高

怨、长子信之,此五者孰与蒙恬?"意思就是,李斯你的才能、谋略、功绩、人缘、扶苏对你的信任,这五个方面和蒙恬比谁更强?

司马迁

我明白了,李斯在这五个方面都比不上蒙恬,要是扶苏当了皇帝,肯定更重用蒙恬,李斯的丞相之位可能就得让给蒙恬了。所以李斯才答应了你,伪造了一份诏书,让胡亥当了皇帝,逼死了扶苏和蒙恬,对吗?

赵高

不错,就是这样!怎么样?我的口才好吧?要说服一个人,就得从他最关心的地方入手。他要是喜欢钱财,你就要告诉他做了这事儿以后他能得到多少钱;他要是喜欢权力,你就告诉他事情成功以后能让他当大官;他要是关心家人,你就许诺保证他家人的安全。

司马迁

你说得没错。只是可惜啊,有这样的口才,你却没用来劝皇帝施行仁政、爱护百姓,而是只顾着自己的利益。现在落得这么个下场,你也没想到吧?我走了,你好自为之吧!

特别推荐

这奸臣眼睛不好使？

关于赵高，有一个非常有名的成语故事流传了下来，叫"指鹿为马"。

赵高害死李斯之后，自己当上了丞相。可是他也知道自己是个奸臣，并没有多少人支持他，这可怎么办呢？赵高就想了个办法来试探大臣们。

有一次，他趁着大臣们上朝的时候，让人牵来了一头鹿，对秦二世说："我得了一匹好马，特意带来献给陛下。"秦二世一听，你是眼睛不好使吗？这明明是一头鹿啊，就笑着对赵高说："丞相错了，这是一头鹿，怎么能说是马呢？"

赵高听了，装作十分惊讶的样子，转头问其他大臣："这竟然是一头鹿吗？我怎么看着是马呢？你们说这是鹿还是马？"大臣们一听这话就知道赵高在试探他们，有些人不愿意得罪赵高，就跟着附和说这是马，也有些人害怕赵高，不敢说话，还有的人很耿直，直接说真话，认为这是鹿。

秦二世本来还很自信，结果一听大臣们的话，也开始怀疑自己是不是看错了。古人是很迷信的，要是出了

特别推荐

什么异常情况,往往就会觉得是神灵的缘故。秦二世也一样,觉得是自己不小心得罪了神灵,才会把马看成鹿。赵高于是趁机骗他,说是他祭祀时不够虔诚恭敬,神灵对他不满意,所以才让他的眼睛出了毛病。秦二世吓了一跳,以为真是这样,就赶紧在赵高的安排下斋戒沐浴去了。不过,秦二世是个做事极其敷衍的人,说是斋戒沐浴,实际上,他只是装模作样地走了个过场,然后就跑到上林苑里打猎去了。

皇帝一走,没人能管得了赵高,他就原形毕露,把那些说了真话的大臣全部抓起来杀了。后世人们从这件事情中总结出"指鹿为马"这个成语,用来比喻故意颠倒黑白、混淆是非。

文苑杂谈

到底是忠臣还是奸臣

赵高残害忠良,谋害皇帝,做了不少坏事,自己最终也落得个诛三族的下场,按理说,这样的人应该算是大奸臣。可是,历史上却有人为他打抱不平,认为他值得赞美。这是怎么回事呢?

这一切争议都来源于赵高的身世。据清代著名史学家赵翼考证,赵高本来是赵国的一个贵族公子,赵国被秦国灭亡后,他十分心痛,下定决心要报仇。于是,他残害自己的身体,把自己变成了一个宦官,到秦始皇身边做了他的仆从,后来怂恿秦二世做尽了坏事,推动秦朝灭亡,为自己的国家报了仇。

从这个角度来看,赵高确实是一个情深义重、心志坚韧的英雄,后世也有不少诗歌赞美他,比如明代诗人屈大均就夸他:"可怜百万死秦孤,只有赵高能雪耻。"

可是,赵高的身世并不只有这一种说法。据《史记》记载,赵高的母亲犯过罪,遭受了刑罚,被关在秦朝的隐宫里,天天只能做苦力活儿。后来,赵高的母亲生下了赵高和他的几个兄弟。所以赵高一开始只是个犯人的儿子,后来才被提拔成官员,这种麻雀变凤凰的经历要是放在现在，绝对可以演成个电视剧了！

大部分历史学家认同《史记》的记载，认为赵高身为秦朝的臣子，却只顾着保全自己，杀害了许多富有才华的文人武将，加速了秦朝的灭亡，是个不折不扣的大奸臣。

无论怎样，从客观的角度来看，赵高的所作所为确实导致秦朝的老百姓们过着水深火热的日子，而这想必是任何一个贤君明臣都不愿意看到的。

七嘴八舌

李斯：我的一世英名都毁在你手里了！不是说了让你别告诉别人是我和你一起篡改了诏书吗？

鹿：原来我是一匹马？怎么从来没人跟我说过？

秦二世：哎？你干吗？为什么要提着刀？你别过来！我可是皇帝！

扫二维码，听精彩讲解

刘邦

草根皇帝的成功秘诀

刘邦（公元前 256 年—公元前 195 年）

别　名：刘季、沛公

籍　贯：楚国沛县(今江苏省丰县)

地　位：推翻秦朝，建立汉朝，是历史上第一个草莽出身的皇帝

TA这一辈子

刘邦这辈子

刘邦是汉朝的开国皇帝,也是中国历史上杰出的政治家。在陈胜、吴广起兵反抗秦朝的时候,他率兵响应,带兵征战,成功灭了秦朝。后来又赢得了与项羽的楚汉之争,建立汉朝,后世尊称他为汉高祖。

出身不高志气高

刘邦本来是一户农民的儿子,他的父母甚至在史书上都没有名字,司马迁在《史记》中记载时,只是简单地说:"父曰太公,母曰刘媪。"用现在的话说,就是他的父亲叫刘大爷,母亲叫刘大妈。据说刘邦也是后来做了皇帝以后才改的名字,原本他没有名字,只有一个小名叫"刘季"。他的大哥叫刘伯,二哥叫刘仲,在中国古代,兄弟之间排行的顺序是伯、仲、叔、季,所以"季"就是最小的。

刘邦从小就不爱下地干活,梦想成为一名游侠,为此他爹没少骂他,成年以后他依然我行我素,整日赊账去喝酒,以游侠自居。但总这样下去也不行啊,秦朝建立后,他去应聘当了沛县泗水的亭长。刘邦性情豪爽,不拘小节，时间久了和沛县的官员们也混熟了，认识了很多朋友，在当地小有名气。虽然是个小官，但是刘邦也有远大的志向。有一次，刘邦看到秦始皇带着大队人马出巡，很是威风，羡慕得不行，说："大丈夫当如是也！"大丈夫就该是这样啊！

建立军事小团体

刘邦有次押送徒役去骊山，结果很多人中途逃跑了，当时秦国的法律十分苛刻，作为亭长自己也要负责的。总之跑一个也是死，跑两个也是死，刘邦索性把这些人全放了，说："你们都各自逃命去吧，我也要逃了。"大家见刘邦这么做，一部分讲义气、胆子大的人就决定要跟随刘邦一起逃亡，成了他的第一批追随者。

不久后，陈胜吴广起义反秦，沛县县令也想要响应起义。这时刘邦的追随者已经有一百多人了，于是萧何和曹参劝沛县县令把刘邦这些人找回来，既可以增加力量，又可以杜绝后患，县令就让与刘邦交好的樊哙去请刘邦。可樊哙前脚刚走，县令后脚就后悔了，觉得自己在引狼入室，于是出尔反尔，要杀了萧何和曹参。刘邦听说了这事儿，就将一封信射进城内，鼓动老百姓杀掉

县令。县令死了以后,刘邦入主沛县,在大家的推举之下担起了反秦的重任,自称沛公,当上了沛县的领导人。

边打仗边招聘

刘邦在当泗水亭长的时候,为人豪爽,广交朋友,从不在意朋友的身份,官员萧何、屠夫樊哙、吹鼓手周勃,这些人后来都成了汉朝的开国功臣。

刘邦自封沛公后,拿下了沛县周围的几个城市,派大将雍齿把守丰邑,但雍齿却投降了魏国。刘邦气得不行,就打算去投奔另一支起义军,想借兵攻打丰邑。在去的路上,刘邦遇到了张良,张良也打算去投奔这支起义军,两个人聊了会儿,大有相见恨晚的意思,于是张良当即决定从此跟随刘邦。不久,刘邦投奔了项梁。

项梁扶持了楚怀王的孙子熊心当皇帝,名号还叫楚怀王,后来,项梁战死,楚怀王就让刘邦带兵往西,正面去打实力强大的秦国。虽然正面对上秦国赢的希望不大,但是刘邦这人很能干,攻下了许多城池,一边走一边打,收编了项梁和陈胜的散兵,还广发英雄帖招聘人才。高阳有个人叫郦食其,很有才能,觉得刘邦是个有远大谋略的人,就想应聘,于是托刘邦手下一个士兵传话给刘邦,说:"你见到沛公的时候帮我递个话,就说'我老家有位郦先生,六十多岁,身高八尺,人人都说他是狂生,可他自己说不是。'"士兵回答说:"这不行啊,我们老大最讨厌读书人了,读书人来拜见他的时候他就要羞辱人家。"郦食其说没事,就这么说。刘邦一听士兵的话,果然召见了郦食其,但召见的时候却坐在床边,让两个侍女为他洗脚。郦食其作了个长揖,没有跪拜,说:"大王你是想帮助秦国还是准备消灭秦国?"刘邦很生气地说:"天下被秦国迫害已经很久了,你怎么能说我帮助他们?"郦食其就说:"如果是想消灭他们,就不该用这种态度接见长者。"刘邦一听,这人是有真才实学的,马上就端正态度,恭恭敬敬地听他讲自己的策略,并封郦食其为广野君。

取得最终胜利

刘邦在打入咸阳之后,与老百姓约法三章:"杀人者死,伤人及盗抵罪。"意思是说杀人的人要被处死,打伤人或者偷盗的人,要抵偿相应的罪名和刑罚。秦朝的苛刻法律一律被他废除,因此老百姓都很欢迎他。

当初刘邦西征的时候,项羽率兵北上去救赵国,楚

怀王答应过他们，谁先打到关中谁就可以做关中的王，按理说刘邦可以称王了，可是项羽的兵力太强大了，有四十万人，刘邦只有十万人，不敢和项羽对抗，于是就领着部队出城，驻兵在霸上。项羽进入关中以后，听说刘邦已经占领关中了，十分生气，还好刘邦听从张良的意见，亲自到鸿门迎接项羽，好说歹说总算是让项羽相信自己没有称王的野心了。项羽也觉得是自己违反约定在先，于是封了刘邦做汉王，项羽自称"西楚霸王"。

刘邦表面上听话，战火平息之后就去了封地，还烧毁了回关中的栈道，以表示自己这辈子都不会造反的决心。可是，刘邦不甘心啊，自己一路西征，灭了秦国，结果是给别人作嫁衣，于是暗暗地练兵屯粮，趁项羽不在，发兵占领了关中地区，与项羽展开了长达四年的"楚汉战争"。在这场战争中刘邦充分地展示了自己的领导才能，最大限度地发挥了属下的才能，聚集了一大批有才能的文臣武将，最终联合韩信、彭越以及项羽的叛军英布，设下十面埋伏阵，将项羽的大军围困在垓下，项羽被迫自杀。刘邦取得了楚汉战争最终的胜利，建立了大汉王朝。

象棋里的楚汉之争

棋手

哇！刘邦！有幸见到真人了！我正好在学着下象棋，里面的好多规则我都搞不懂，据说是和楚汉相争有关的，您是当事人，能给我解释解释吗？

可以啊，我可是楚汉之争的主角之一，还有什么是我不懂的，放心问吧！

刘邦

棋手

我下象棋的时候，听说红方代表的是您，这是为什么啊？

唉，当初我放走了本应该去骊山服役的人，违反了秦朝的法律，有几个人愿意和我一起逃命，我们就趁着夜色抄小路走。走在前面的人回过头来说前面有条大蛇挡住了路，我那会儿喝醉了酒，酒壮人胆，就说："大丈夫走路，有什么可怕的！"于是就走到前面拔剑把大蛇斩成了两段，继续往前走。结果我喝太多酒了，就躺在地

刘邦

超级访谈

刘邦

上睡着了。后面的人到了我斩蛇的地方，遇到一个老婆婆在哭，于是就问她为什么哭，老婆婆就说："我的儿子是白帝之子，化成白蛇挡在路中间，结果被赤帝之子杀了，所以我伤心在哭。"大家还以为她在说谎，结果一转头，老婆婆就不见了，这才相信了她的话。后来我在沛县起兵的时候，就自称为"赤帝子"，军旗也是红色的，所以人们在象棋里用红方代表我。

棋手

哦，原来是这样啊，那黑色一方就是项羽了。那为什么是红方先走啊？这是不是有点儿不公平？

不公平确实是不公平，不过是对我不公平啊！项羽那个说话不算话的人，白白占了我的功劳！

刘邦

棋手

这是怎么一回事？

秦朝末年的时候，燕、赵、齐、魏这些国家都纷纷复国，秦朝派兵攻打赵国，赵国就向我们

刘邦

刘邦

楚国求救,大家都是一条心想推翻秦朝的,所以肯定得出兵救一下。我们想趁着秦朝攻打赵国时,派一队人马直接向西去攻打秦朝的大本营,说不定就把秦朝灭了。于是楚怀王就准备派两队人马,一队由我率领,西征打入关中,一队由项羽率领,救了赵国之后再去关中,约定好哪队人马先到关中哪队的老大就可以做关中王。我一路走得艰难啊,好不容易打败了秦兵,先到了关中,可是我实力不如人,打不过项羽,实在是不敢做关中王,怕被他给灭了。于是只能把这块地方让给项羽。

棋手

没事没事,现在在象棋的领域,您是先走的一方,占据先机啊!

嗯,毕竟是我先到达的关中嘛。

刘邦

棋手

那我知道红方先走的原因了。还想问您最后一个问题,下棋的时候老说"王不见王",如果我的将和他的帅面对面了,要是轮到我先走,就直接赢了,这又是什么典故?

123

超级访谈

刘邦

哈哈,这也是因为我和项羽之间的一个小故事。那时候我们两个人的军队已经打了好几年仗了,都很疲惫,然后项羽就隔着广武涧喊话,要我出去单挑。这我哪能去呢,项羽是谁?"力拔山兮气盖世",力气大得能拔起一座山来,我去单挑那不是找死吗?但是不出面显得我怕他,所以我就在军队前面,一条一条数落他的罪状,把他气得不行,一箭就射我胸上了,幸亏我反应快,立马弯腰,说:"你射中我的脚了!"于是我就在属下的护送下回营帐养伤。

刘邦

棋手

您为什么要说射中脚了啊?

要是说我被射中心口了,那我的士兵还怎么打仗?他们要知道我受了这么重的伤,肯定都没有斗志了。我在营帐里敷了点儿药,就出去巡查了,要证明给大家看看我啥事没有。

刘邦

棋手

您真是太聪明了!我知道了,棋盘上两边的将和帅要是碰面了,就会像项羽对您那样,直接一箭射中心口,输赢就分出来了。

对啊,所以啊,还是"王不见王"比较好,我作为大家的军事领袖,出出主意,告诉大家怎么打就行,不用亲自出马。
刘邦

棋手
嗯,要靠智取!

这象棋听起来还挺有意思的,小兄弟,要不你来教我下一盘?
刘邦

棋手
好嘞!

特别推荐

饭桌上的"战争"

打败秦国后,楚军要夺取关中。到达函谷关的时候,项羽发现刘邦派兵把守着函谷关不让人进。听说刘邦要当关中王,项羽就很生气,攻破了函谷关,犒劳手下的士兵,准备明天出发攻打刘邦。项羽的叔父项伯是一个特别讲义气的人,他的好朋友张良在刘邦身边做事,项伯知道了这件事以后,就连夜跑去找张良,想叫张良和自己一起离开。张良现在是刘邦的人,肯定不能放着老大不管自己逃命,于是就告诉了刘邦这件事,问:"大王觉得我们的军队打得过项羽吗?"面对这么直白的问法,刘邦沉默了一会儿,还是老老实实说:"打不过。"于是张良就准备请项伯告诉项羽,说自己老大没有称王的心。但是刘邦觉得这事还是自己说比较好,就把项伯请进来,和他喝酒聊天,聊得兴起还结成了儿女亲家,并托项伯告诉项羽自己没有称王的野心。

第二天刘邦来跟项羽道歉,说:"**臣与将军勠力而攻秦,将军战河北,臣战河南,然不自意能先入关破秦,得复见将军于此。今者有小人之言,令将军与臣有郤。**"意思是我和将军合力攻打秦国,将军在黄河以北作战,我在黄河以南作战，但是我自己没有料到能先进入关中，灭掉秦朝，能够在这里又见到将军。现在有小人的谣言，使您和我之间有了误会。这番话说得极有水平，首先说咱俩是战友之情，丝毫不提现在的敌对局面；其次刘邦说我没想到能先进入关中，我还以为是将军您，这就是在奉承项羽了；最后说我们闹到现在全是因为小人的谣言。面对刘邦这么说，项羽心里就过意不去了，人家先来的关中，现在愿意拱手相让，我还咄咄逼人，这样不好。但又不好意思说自己已经下命令要攻打刘邦，于是就把告密的人卖了："嗨，如果不是沛公手下那个曹无伤的话，我哪会生气。"于是当天就把刘邦留下来喝酒。在饭桌上，范增好几次给项羽使眼色，想让项羽下决心把刘邦杀了，但是项羽都没说话，可见刘邦的那番话起了大作用。范增恨铁不成钢，自己去找了一个刺客，叫项庄，吩咐项庄去敬酒，然后舞剑助兴，趁机杀了刘邦。项庄在酒宴上拔剑起舞，屡屡指向刘邦，项伯一看，不好，我昨晚才结的亲家可不能今天就没了，于是项伯也拔剑，在项庄想要刺杀刘邦的时候用身体掩护刘邦，使刘邦躲过一劫。

这时候张良出了军营，找到樊哙，告诉他刘邦现在的情况很不好。樊哙的老婆是吕雉的亲妹妹，和刘邦是亲戚。樊哙听到刘邦有危险，拿着剑和盾牌就冲进去了，

特别推荐

瞪着项羽,气势逼人。项羽给了他一条未煮熟的猪腿,他二话不说直接切开吃。过后樊哙开始指责项羽听信小人的谗言要杀有功之臣,项羽也觉得不太好意思,就给樊哙赐座。过了一会儿,刘邦就以上厕所为由,出了军营,把樊哙也叫走了,只留下张良给项羽和范增送礼。

刘邦回到军营,这才逃过一劫。这顿饭吃得胆战心惊,但是刘邦面对想要刺杀他的项庄时还能面不改色,随机应变,也是他最终能取得成功的原因。

领袖不是那么好当的

建立汉朝以后,刘邦请大臣们吃饭,饭桌上他问:"你们都说说实话,为什么我能得这天下?为什么项羽就不行呢?"有两个老实人高起和王陵就站出来了,说:"大王你为人傲慢,不尊重人,项羽为人仁慈宽厚。但是呢,大王你每次夺下一座城,都和天下人分享利益。但是项羽这个人,疑心重,对于有功的人,他嫉妒别人功劳太高,对于有才的人,他老是怀疑人家不忠心,打赢了也不给别人奖励,夺取了城池也不给当地老百姓好处,所以才输了。"刘邦就说你们不知道还有一方面啊:"**夫运筹策帷帐之中,决胜于千里之外,吾不如子房。镇国家,抚百姓,给馈饷,不绝粮道,吾不如萧何。连百万之军,战必胜,攻必取,吾不如韩信。此三者,皆人杰也,吾能用之,此吾所以取天下也。项羽有一范增而不能用,此其所以为我擒也。**"意思是制定战略方针我不如张良;治理国家,保障军队的后勤供应,我不如萧何;领军作战,百战百胜,我不如韩信。这三个人都在我的手下,所以我才能取得胜利。项羽手下只有一个范增,他还不听范增的意见,所以才被我打败了。

文苑杂谈

刘邦在用人方面的领导才能特别突出。首先是他用人真正地做到了不问出身。他手下的人，萧何是官员，樊哙是屠夫，张良是贵族，彭越是强盗，就是这些人，忠心耿耿跟着刘邦打天下，刘邦从来没有因为出身的不同而区别对待。

其次是他用人不计前嫌。在建立汉朝以后，有次从桥上走过，看到很多将领坐在地上议论纷纷，就问张良："子房啊，这些人在议论什么啊？"张良就说："大王，他们在商量造反呢！"刘邦吓一跳："子房啊，不要乱讲，这天下刚安定，造什么反啊？"张良就说："现在大家都等着大王论功行赏呢，可是您一直没有定下来，大家担心得罪过您的人会被处死，所以在商量谋反。"刘邦很担心，张良献计，让他把平生最讨厌的人先封赏了。于是刘邦把雍齿封为什邡侯。大家一看，大王不计前嫌，把最讨厌的人都封赏了，自己肯定也可以得到奖赏，就安心了。

最后是他对于人才，论功行赏。项羽当时入主关中之后，也进行了一次封赏，但是他比较偏心，跟他关系好的就多给一点儿，关系不好就少给一点儿，所以那时候大家都有怨气。刘邦不一样，天下平定之后，排了一个功劳簿，排名第一的是萧何。当时打败秦国，攻入咸阳的时候，别人都在烧杀抢夺，只有萧何在收集秦国的文化资料，他接收了秦丞相、御史府所藏的律令、图书，掌握了全国的山川险要、郡县户口，对日后制定政策和取得楚汉战争的胜利起了重要作用。刘邦也深知这些东西的重要性，所以尽管萧何只是一个文臣，但是面对群臣的质疑，他还是把萧何排在了第一位。

所以，要想打赢战争，领导要有足够的人格魅力和用人策略，单打独斗是不行的。

刘太公:早知道我儿子有这样的造化,当初就该给他取个好听的名字!

哼,要是能重来,我一定听范增的话!

项羽

萧何:还是我有眼光啊!才不像你们武将一样只知道打打杀杀,档案馆的资料很宝贵的!

扫二维码,听精彩讲解

项羽

差点儿当皇帝的战神

项羽(公元前232年—公元前202年),名籍,字羽

称　号:西楚霸王
籍　贯:楚国下相(今江苏省宿迁市)
地　位:秦朝末年军事家

TA这一辈子

项羽这辈子

项羽是秦朝末年著名军事家。他英勇善战,推翻了秦王朝腐朽的统治,建立西楚政权,自称西楚霸王。在与刘邦展开的四年楚汉战争中,项羽最终落败,自刎于乌江。项羽是中国军事思想"兵形势"①的代表人物,在我国军事史上有十分重要的地位。

请叫我常胜将军

项羽指挥军队特别厉害,一辈子打过特别多胜仗,可以说是个常胜将军了。

有一次,项羽想解赵国的巨鹿之围,可赵军和楚军的数量加一起都没有秦军多。项羽一看,便让将士们痛痛快快地吃一顿,然后把船全凿沉,把锅也全弄坏。将士们十分不解,这不是自寻死路吗?其实这是项羽的策略,他让将士们破釜沉舟,就是让他们无法后退,勇敢杀敌。就这样,项羽军队战斗力大大提升,最终以少胜多,取得了胜利,这就是著名的巨鹿之战。

还有一次,项羽去齐国平定叛乱。刘邦看项羽不在

---

① 兵家四势之一。兵家四势分别是兵形势、兵权谋、兵阴阳和兵技巧。

楚国，就火速出兵要攻打楚国彭城。项羽得到消息后，仅仅率领三万精兵就回去救援彭城。项羽军队日夜兼程，赶到彭城时，却发现刘邦已经攻下彭城，正在庆祝呢，这可把项羽气坏了！于是项羽率领军队猛攻，一上午从萧县西边打到东边，中午就打到了彭城，打得刘邦军队抱头鼠窜，几乎全军覆没。这就是著名的彭城之战。

谁敢说我坏话

项羽在战场上能英勇杀敌，平时生活中也是"眼里容不得沙子"。如果有人说项羽的坏话被他听到，那这人可就完了。

项羽占据关中后，有一个叫韩生的谋士对项羽说："关中地势险要，土地肥沃，是个建都的好地方。"但项羽想向乡亲们炫耀自己的功业，回自己的家乡建都，便对韩生说："得了富贵就该回到故乡，不然就像晚上穿着好看的衣服走路，谁能知道你的衣服好看呢？"

韩生一听，觉得项羽太爱显摆了，一时没管住嘴，就说道："人言楚人沐猴而冠，果然。"意思就是说，我听别人说楚国人像只戴着帽子的猕猴，徒有虚名罢了！今天看到项羽，果然是只戴着帽子的猕猴！项羽一听韩

TA这一辈子

生嘲讽自己,特别生气,一气之下就把韩生扔进鼎①中煮了。大家知道项羽把韩生煮了,觉得项羽的做法有些过分,但大家都害怕项羽,不敢多说什么。

项羽最后败在了刘邦的手上,真应了孟子说的那句"得民心者得天下"啊!

我是天下第一

项羽这人确实挺厉害,但他有点儿自大,不把别人放在眼里。刘邦打算称王,项羽手下的谋士范增知道了,就让项羽赶紧杀了刘邦。项羽的叔叔项伯和刘邦手下的张良是好朋友,听说项羽要杀刘邦,就跑去对项羽说:"刘邦攻破咸阳有大功,如果现在杀他是不义的。"项羽听了,觉得刘邦对他也没什么威胁,便决定不杀他。

项羽在鸿门摆下酒宴,邀请刘邦赴宴。刘邦率领了一百多个骑兵,来找项羽道歉。范增觉得这是个杀掉刘邦的好机会,便在吃饭的过程中好几次暗示项羽杀掉刘邦。但项羽觉得刘邦成不了大气候,便假装没看见范增。范增一看项羽不动手,就让项庄在宴席上舞剑,好寻找机会刺杀刘邦。刘邦一看有些危险,便找了个上厕所的

---
① 古代煮东西用的大锅。

借口偷偷逃走了,让张良把白璧和玉斗分别献给项羽和范增。

范增一看刘邦逃了,十分生气,把玉斗摔在地上,一剑砍断了,认为项羽的天下会被刘邦抢走。可项羽并不生气,因为他根本没把刘邦当回事儿。就这样,项羽在鸿门宴上一时自大,把刘邦给放走了。

超级访谈

你咋忍心抛下我呢

项羽

咦?这营帐四面的汉军怎么还唱起了楚国的歌曲呢?他们的军队里怎么有这么多楚人呢?难道刘邦已经把楚国灭亡了吗?

夜已深了,大王别喝酒了,快早些休息吧,可别累坏了身体啊!

虞姬

项羽

听到这些楚歌,我好想家啊!以前在家的日子过得那么幸福,现在估计很难回去了。

大王不要担心,您这么厉害,相信您有朝一日一定能回到家中的。

虞姬

项羽

这几天在垓下扎营,害美人跟着我受苦了。唉,都怪我没早些杀掉刘邦这个小人,现在想想真是后悔莫及啊!要不是刘邦找了各路诸侯出兵帮他,他根本不是我的对手。现在我中了他的埋伏,被重重包围在这里,恐怕很难逃出去了。此情此景,我好想唱一曲啊!

虞姬

唱吧,唱出来心情就会变好了。

项羽

"力拔山兮气盖世,时不利兮骓(zhuī)不逝。骓不逝兮可奈何,虞兮虞兮奈若何!"回想以前的我是多么勇猛啊,力气大到可以拔起一座山,世间没有人可以和我匹敌。谁承想,老天爷不保佑我,我的乌骓马也难以再前行了。我的乌骓马不能再前行了,那怎么办呢?大势已去,我的灭亡是无可避免了,可是我的美人虞姬啊,你以后要怎么办呢?我恐怕不能再保护你了啊!呜呜呜……

虞姬

没关系,大王不用为虞姬担心,可以让我为大王舞一次剑吗?

项羽

好吧!

虞姬

"汉兵已略地,四方楚歌声。大王意气尽,贱妾何聊生?"刘邦的军队已经侵略了我们楚国的土地,四面都传来楚国的歌声,真是让人伤感啊!既然大王已经准备赴死,那我怎么能独自活着,让大王为我担心呢?

超级访谈

项羽

美人这话是什么意思?

大王您一定要顺利突围啊,虞姬先走一步了。

虞姬

项羽

不要啊!哇!我的美人啊!呜呜呜呜……

我可是个要面子的人

我在垓下被刘邦几十万大军包围了好几天，眼看着粮草就要不够了，我真是太难了！虽然我兵少，但我要反击！我要突围！就这样，在一个月黑风高的晚上，我率领仅有的八百骑兵，准备突围。一开始我的行动并没被汉军发现，于是我带兵一直跑，渡过淮河的时候，我回头一瞅，跟着我的骑兵只有一百多个了。唉！更让我伤心的事情来了，路上突然出现了一个岔路口，我竟然迷路了！这时，一个扛着锄头的老头走了过来，我就问他："我该往哪边走？"这老农看了看我，说："左。"我听了那老农的话，往左边走去，却陷到了一片沼泽地中。这老头竟然骗我，真是气死我了！

陷入沼泽地耽误了太长时间，汉军追上我们了。我们边打边跑，跑到了东边的一座山上。上了山，我身边只有二十八个骑兵了，眼瞅着汉军又要追上来了，我便对士兵们说："我项羽起兵八年，没人能赢我，今天我必定与你们痛痛快快地打一仗，让你们知道，是老天要亡我，并不是我项羽不会打仗！"放完了狠话，我就把仅有的二十八个骑兵分为四队，与他们从山上一路拼杀到

特别推荐

了山下。这一仗打得真痛快！我的将士们应该也知道我的厉害了，嘿嘿！

　　终于逃出山下的包围圈了，真是累死我了！咦？这是哪儿？怎么有条江呢？那边还有个老头，我去问问他。原来这老头是乌江亭长，他说这里只有他这一艘小船，可以载我渡过这乌江，汉军没法渡江，自然也追不上我，这样我就可以坐船回江东咯！等等——我的将士们都是从江东来的，如果我独自回到江东，实在是太没面子了，倒不如认命，今日就死在这里算了！再与汉军打最后一仗，我便自刎于乌江，就这么办！心意已决！

后人对项羽的评价

项羽有机会回到江东,但他认为独自一人回去太没有颜面,便自刎了。后代的文人对项羽的死有很多褒贬不一的评价,有人认为项羽应该回江东重新发展势力,还有人认为项羽是为国家而死,死得很有价值。

就比如唐代诗人杜牧吧,他有一次到乌江亭游览,便想起在乌江自刎的项羽,于是大笔一挥,写了一首七言绝句,名叫《题乌江亭》。这首诗是这么写的:

胜败兵家事不期,包羞忍耻是男儿。
江东子弟多才俊,卷土重来未可知。

他认为胜败乃兵家常事,大丈夫应该忍辱负重。如果项羽没有自杀,而是回到江东,说不定能卷土重来,夺回江山!杜牧认为项羽没有宽广的心胸,没有把握住机遇。

宋代著名女词人李清照是项羽的忠实粉丝,她认为项羽自刎是对的,还专门为项羽写了一首五言绝句,名叫《夏日绝句》。这首绝句是这么写的:

文苑杂谈

生当作人杰,死亦为鬼雄。

至今思项羽,不肯过江东。

意思是说人活着的时候应该做人中的豪杰,为国家建功立业,死了也要为国捐躯,做鬼中的英雄。到今天人们还在怀念项羽,因为项羽不肯渡江回到江东。李清照认为项羽没有逃回江东,而是选择与国家一起牺牲,他死得壮烈,是真正的英雄。

后人不光对项羽之死有各种不一样的评价,还有人专门夸赞项羽的威风呢!比如清朝著名学者李晚芳评价他"羽之神勇,千古无二"。也有人给项羽最终的失败总

结了一些原因，比如苏轼在《留侯论》中写道："项籍唯不能忍，是以百战百胜而轻用其锋。"意思是说项羽不懂得忍耐，虽然百战百胜，但他总是随便消耗自己的兵力，造成了最后的失败。

虽然项羽败在刘邦的手下，没能当上皇帝，但项羽英勇善战，确实可以称得上是个大英雄了。

七嘴八舌

范增

谁让你小子不听我的话,被刘邦打败了吧,真是活该!

我不想成为大王的累赘,只好先走一步了,希望大王能顺利突围吧!

虞姬

李清照

我不管!你就是我心中的大英雄!

扫二维码,听精彩讲解

图书在版编目（CIP）数据

乐死人的文学史. 秦代篇 / 窦昕主编. — 北京：石油工业出版社, 2023.9

ISBN 978-7-5183-6050-5

Ⅰ.①乐… Ⅱ.①窦… Ⅲ.①中国文学—古代文学史—秦代 Ⅳ.①I209

中国国家版本馆CIP数据核字(2023)第110649号

乐死人的文学史·秦代篇
窦昕　主编

出版发行：石油工业出版社
　　　　　（北京安定门外安华里2区1号100011）
网　　址：www.petropub.com
编 辑 部：（010）64523689　64218734
图书营销中心：（010）64523731　64523633
经　　销：全国新华书店
印　　刷：北京中石油彩色印刷有限责任公司

2023年9月第1版　2023年9月第1次印刷
710×1000毫米　开本：1/16　印张：10
字数：100千字

定价：48.00元
（如出现印装质量问题，我社图书营销中心负责调换）
版权所有，翻印必究